ご道理ならず
奥小姓 裏始末 2
JN067569
青田圭一
時代小説
二見時代小説文庫

目次

ご道理ならず——奥小姓（おくごしょう）裏始末 2

序章　卑怯な手練

一

拙者は竜之介という男をよく知っている。

『おじうえのごおんにむくいるために、つよくなるんだ！』

ひきはだ竹刀の刃筋を通す手の内どころか、箸を正しく持つのもままならぬ頃から大言壮語を憚らぬ、小柄にして負けん気の強い少年だった。

竜之介は、権限こそ強いが格の低い、二百石取りの奥右筆の次男坊だ。

にもかかわらず大身旗本の子弟が集う柳生家の道場に入門を許されたのは、伯父の田沼主殿頭意次が便宜を図ったからである。竜之介が新陰流の修行を始めた七歳の時に主殿頭は五十四歳。側用人と兼務していた老中格から正式な老中に取り立てられたばかりで、当時の石高は三万石。後に五万七千石まで加増されている。

出世の目覚ましい伯父を持ったのは結構な話だが、羨望と嫉妬は紙一重だ。ご大身の若様連中から成り上がり者の甥のくせに生意気だと罵られ、稽古と称するいじめを受けたのもやむなき次第だったが竜之介は屈することなく道場に通い、二十歳になる頃には門下で指折りの遣い手の一人に数えられた。元服した時点で悪く言う者はいなくなり、将軍家剣術指南役のお墨付きに主殿頭様の後ろ盾が加われば幕府の武官となって出世を遂げるのも思いのままと、同門の皆が期待を寄せていた。

そんな竜之介が柳生道場を去ったのは四年前。立ち合い稽古中に先生の見守る前で武家の子にあるまじき、禁じ手を遣ってしまったことが原因であった。

立場を失ったのは竜之介だけではない。

主殿頭は前の上様であらせられた家治公が御逝去されると立場を失い、新たに老中となった松平越中守定信様に蟄居謹慎を命じられ、田沼派は幕閣のお歴々のみならず末端の諸役人まで一掃された。主殿頭の末の弟に当たる竜之介の父親も奥右筆の職を追われ、失意が体を弱らせたのか、夫婦揃って流行り病で果てている。

後に聞いた噂によると竜之介は絶望した末に、八歳違いの兄の清志郎が継いだ屋敷を出てしまったという。後先を考えずに馬鹿な真似をするものだ。

当節は武士であっても、剣術より算盤勘定(そろばんかんじょう)が物を言う世の中だ。

竜之介のように腕が立つだけでは早々に食い詰めるのが目に見えており、さりとて生真面目(きまじめ)であるがゆえに荒事(あらごと)で世を渡る無頼の浪人になりきれるはずもなく、野垂(のた)れ死んだとばかり思ったものだ。

ところが竜之介は生きていたばかりか、意外な御役にまで就いていた。どこを気に入られたのか小納戸(こなんど)を代々の役目とする風見(かざみ)家に婿(むこ)入りし、今年の二月には昇進して、奥小姓(おくごしょう)となったのだ。

小姓は上様の身の回りの御世話が役目。奥小姓はより御側近くに侍(はべ)るため、御目(おめ)に叶(かな)えば出世をしやすい。昨年に亡くなった主殿頭も辿(たど)った道だ。

しかも竜之介は同役の者が与(あずか)り知らぬ、裏の御用まで任されているらしい。拙者もある人物から話を聞かされた時は半信半疑だったが後をつけ、秘かに取っていた行動を盗み見て確信した。

ここ数日、竜之介が非番中に探(さぐ)っていたのは武井主馬(たけいしゅめ)。三千石のご大身だが、甚(はなは)だ評判の悪い旗本だ。腕自慢の武官だったものの遊興が過ぎて御役御免にされ、酒色(しゅしょく)で憂さを晴らすだけでは飽き足らずに無宿人を的(まと)にした辻斬りを、しかも上様から拝領した御刀(おかたな)で繰り返しているらしいと、旗本たちの間で専(もっぱ)らの噂になっていた。

そんな危険な男の動向を、竜之介は調べていたのだ。

剣術の修行を重ねた者は気配を消して行動する、隠形の法に自ずと長ける。破門を願い出た後も竜之介は研鑽を怠らずにいたと見え、気取られずに尾行をこなすばかりか主馬と腰巾着の家士どもに遠間から礫を打ち、夜道で斬られかけた無宿人を逃がす手助けまでやってのける程だった。

江戸に増える一方の無宿人は、六年前の七月に浅間山が噴火して以来の天候不順で田畑が荒れて年貢を納められず、華のお江戸ならば食っていけると期待を抱いて逃散してきた農民たちの成れの果てだ。

無宿人の大半はまともな仕事を得られずに、物乞いで命を繋いでいる。本来ならば御公儀が身柄を保護して国許に戻し、武家の経済を支える根幹の米作りに専念させるべきであるにもかかわらず、余りの数の多さゆえに野放しとなっていた。

幾人が殺されたところで町奉行所は碌に調べもしないが、ご大身の旗本が辻斬りの的にしていると世間に知れては一大事。町奉行は元より目付も気づいているはずだが主馬の屋敷に調べの手が入る様子はいまだ見受けられなかった。

拙者も一応は御公儀の司法に携わる立場だが、三千石の当主に縄を打つ権限など持ち合わせてはいない。そもそも江戸市中は管轄外だ。

まして小姓の竜之介が差し向けられたところで、御用にできるはずがあるまい。

とすれば上様が命じられたのは捕えるのではなく、斬ることではないだろうか？

拙者に竜之介の裏の顔を教えてくれた、さる人物の見立てである。

御当代の上様であらせられる家斉公はいまだ御若く、その御威光は天下にあまねく行き渡っているとは言いがたい。老中首座にして将軍補佐でもある越中守様の後見なくして御政道は成り立たぬと、恐れながら申し上げざるを得ない。

越中守様は御三卿の田安徳川家のお生まれで、家斉公の実の御父上にして一橋徳川家の当主の治済様と同じく、八代吉宗公の御孫である。

前の上様の御嫡男であらせられた家基様が急逝なされた際に豊千代君――後の家斉公と共に次期将軍の候補に挙げられたものの、我が子を是が非でも将軍にしたい治済様が老中だった主殿頭と共謀し、折しも白河藩主の久松松平家が田安徳川家との養子縁組を切望していたのを幸いに段取りを調えて、江戸から遠ざけてしまったのだ。

その越中守様が新たな老中に選ばれたのは治済様が主殿頭を見限り、代わる人材を求めたがゆえのこと。将軍の実父の威光を手に入れただけで満足し、面倒な実務は丸投げしたわけだが、この人事を越中守様は受け入れ、幕政の改革に邁進している。

流石は名君と誉れの高かった吉宗公の御孫だが、その権力はあくまで将軍家あってのものだ。家斉公が若気の至りで不届者（ふとどきもの）に授けてしまわれた御刀が辻斬りに遣われている事実が発覚すれば、越中守様が後見の不備を非難されるのは目に見えている。

さりとて主馬を拘束し、評定所で吟味するわけにもいくまい。

越中守様は既に幾人もの旗本や御家人に不祥事の責めを負わせて切腹に、あるいは遠島（えんとう）や追放刑に処している。

しかし主馬を公に裁いても見せしめとなる前に、上様の御浅慮（ごせんりょ）と越中守様の後見の甘さが招いた事態であるのを天下に晒（さら）すのみ。吟味の場で開き直り、御公儀に対する悪口雑言（あっこうぞうごん）を並べ立てるとも考えられる。そうなってからでは手遅れだ。

となれば秘かに始末させ、全てを闇に葬り去るのが肝要。御刀は主馬を成敗させた現場で回収させ、武井家は養子でも立てて存続させればいい。

確かに竜之介はそういった役目に向いている。掛け値なしに腕が立つ上、他の武士には決して真似のできない、奥の手まで隠し持っているからだ――。

二

今日は朝から快晴だった。

寛政元年の三月も半ばを過ぎ、桜が散った江戸は新緑の候だった。

八つ時ともなれば日差しはとりわけ強く、汗ばむ程の陽気である。

明るく降り注ぐ西日の下、竜之介は無言で手綱を握っていた。

泊まり込みの当番が明け、大手門の下馬札前まで家来たちと共に迎えに来た愛馬の疾風を駆って、千代田の御城を離れたのは一刻ほど前のこと。神田の街角で知人の柴伊織と再会し、近くの社に寄り道をしたのを除けば、いつもと変わらぬ戻り路だった。

「いいお日和でございやすねぇ」

長柄傘持ちの勘六が心地よさげに呟いた。

「上野の桜がもう少し咲いていてくれりゃ、花見も間に合ったんですけどねぇ……」

「ぼやくない六。葉桜だって乙なもんさね」

しみじみ呟く勘六に応じたのは草履取りの参三だ。

「参三兄いにゃ何も聞いちゃおりやせん。すみやせんが黙っていておくんなさい」

すかさず毒づく勘六は垂れ目を細めた、不快そうな面持ち。兄貴分と慕う挟箱持ちの瓜五に語りかけたつもりが邪魔をされ、立腹しているらしい。

「そもそも兄いにゃ風流なんぞは似合いやせんよ。その傀儡の木偶人形じみたご面相を見りゃ、花より団子なのが丸わかりですぜ」

「団子っ鼻で悪かったな、このやろ」

「その通りですぜ。ちったあ瓜五の兄いを見習って、男っぷりを磨きなすったらどうですかい？」

「くっ、人のことを四の五の言える程の面でもねぇくせに……」

勘六は瓜五以外の相手には、毒舌しか叩かない。風見家の中間として古株の参三といえども例外ではなく、言い返しながらもたじたじである。いつものことながら先輩らしい威厳は微塵もなく、瓜五と槍持ちの鉄二は黙って笑みを交わしていた。

役者も顔負けの甘い二枚目である瓜五に対し、鉄二は力士に劣らぬ大男。日頃から口数が少なく、顔の造りも厳めしいが、破顔一笑する様は意外と人懐っこい。

そんな鉄二に増して親しみやすい童顔を、竜之介は馬上で強張らせている。

「参三、そこまで」

「いい加減にしな勘六。兄いに木偶たぁ、ちょいと言い過ぎだろうぜ」

言い合いを止める鉄二と瓜五は、若いあるじの異変に気がついてはいなかった。

無理もないことだった。伊織と別れた竜之介は、鳥居の外で待たせていた家来たちと合流すると、すぐさま疾風に跨ったからだ。並より小柄な竜之介も騎乗すれば頭の位置は高くなり、他の面々より上背のある鉄二や勘六も表情までは見て取れない。

しかも竜之介は古来から武士の表芸とされてきた弓馬刀槍にとどまらず、合戦用の格闘術である小具足や砲術など、各種の武術を極めている。

他の者は御せぬほど気性の荒い疾風を常のごとく乗りこなし、颯爽とした姿を馬上に示していれば、動揺しているとは誰も思うまい。

あるじのいつもと変わらぬ雄姿を仰ぎ見ながら、家来たちは進みゆく。

華のお江戸は今日も快晴。一行が通り過ぎていく町の雰囲気も明るい。物価の指標とされる米の値が下がり、不景気に回復の希望を持てたこともあるのだろう。

「今夜は岡場所を冷やかしがてら、葉桜見物と洒落込むかい」

「お供しやすぜ、兄い」

瓜五の呟きに、勘六が嬉々として応じる。

それでいて歩みは止めず、きっちりと足並みを揃えていた。

仕える家の体面を守るために、ふざけてばかりはいられないと分かっているのだ。

旗本は格こそ違えど大名と同じく将軍の直臣であり、その一行は大名行列と同様に武家の威厳を示すもの。通い慣れた道であっても油断はならず、いつ誰に見られても恥ずかしくないように振る舞うことを求められる。

しかし、竜之介の顔色はいまだ冴えない。

明るい日差しが降り注ぐ下、暗澹(あんたん)たる面持ちのままだった。

「ぶるっ」

疾風が不意に嘶(いなな)いた。

行列を乱すほど暴れはしないが、しきりに後ろを向こうとする。あるじの竜之介に何事か訴えかけているかのようにも見えた。

原因は分からぬが、これでは家来たちも立ち往生せざるを得ない。

「いい加減になせぇまし参三兄い。疾風が殿様に助けを求めてるじゃねぇですか」

口取(くちと)りの左吉(さきち)と右吉(うきち)が宥(なだ)める様子を横目に、勘六が再び参三に毒づいた。

「なんでぇ六、俺は何もしちゃいねぇよ」

「そんなはずはありやせん。おいらたちと違って手が空いてるのをいいことに、こっそり尻を撫でたんでござんしょう」

「ふざけるない。疾風は雄だぞ」

「おや、雌なら馬でも触るんですかい。助平過ぎて話にならねぇや」

「ばかやろ。俺をどんだけ見境なしだと思ってやがる?」

勘六と参三が言い合う間も、駿馬(しゅんめ)は嘶くのを止めなかった。

「ぶるっ、ぶるぅ」

白いたてがみが乱れるのも構わずに首を回し、黒い瞳で竜之介を見つめる。

馬は人間以上に勘の働きが鋭いという。

まして疾風は乗り手と認めた竜之介に鍛え抜かれ、人馬が一体となることによって真価を発揮する、合戦用の弓射と抜刀に対応し得る域にまで達している。

いくさ場で馬はあるじの考えを察し、遅滞なく動くことが必須。

察しが悪いと敵に後れを取り、主従揃って命を落とす羽目となる。

そう日頃から心がけていればこそ、竜之介の異変に気づいたのだろう。

竜之介は黙って手を伸ばし、興奮した愛馬の首を撫でてやった。

繰り返し撫でるうちに、自身の動揺も鎮まっていく。

「大事ない。参るぞ」

疾風が落ち着いたのを見届けて、竜之介は左吉と右吉に命じる。

双子の中間に向けられた童顔は血の気が戻った、いつもの親しみやすい表情。

利発にして忠義な疾風のおかげで、完全に動揺から脱したのだ。

家来たちは頷き合い、ほっとした様子で再び歩き出す。

「いいですかい参三兄い、話にならねぇおふざけは、これっきりに願いやすぜ」

「だから何もしちゃいねぇよ！」

安堵した反動か、勘六と参三が言い合う声は大きい。

「勘六、程々にせい」

竜之介は馬上から注意を与えつつ、屋敷へ続く路を堂々と辿りゆく。

伊織の話の衝撃に、いつまでも打ちのめされたままではいられない。

竜之介が聞かされたのは五年前、従兄弟(いとこ)で若年寄だった田沼山城守意知(たぬまやましろのかみおきとも)が下城中に襲撃され、命を落とした事件の真相。襲撃犯の佐野善左衛門政言(さのぜんざえもんまさこと)は御城中の警備役を務めていた新番組の番士で、動機は意知に対する私怨だったと言われてきたが、真の理由は違ったのだ。

五百石取りの旗本が、将軍家御直参の立場を捨ててまで渡りたい。

それ程の魅力が松前(まつまえ)家の代々領する、蝦夷地(えぞち)にはあるというのか。

竜之介には分からぬことだ。

今考えるべきなのは、下城する間際に決行を命じられた裏始末。

竜之介は奥小姓の役目と共に、密なる命(めい)を担う身だ。

将軍家に害をなす輩(やから)を、人知れず駆逐(くちく)するのだ。

武士が人を斬るのは、主命(しゅめい)あってのことである。

相手が誰であろうと是非を問わず、確実に果たすべきことだった。

三

千代田の御堀が西日に煌めいていた。

水面を渡って吹く風は新緑の薫りを含んでいる。御堀の向こうの御庭に茂る木々は剪定が行き届き、見事な枝ぶりを陽光の下に示していた。

御庭の先に見えるのは、御城の本丸。

明暦の大火で焼け落ちた天守閣が再建されないままでも威容を誇る、徳川将軍家の代々の居城であった。

江戸城の本丸は表と中奥、大奥が廊下で繋がっている。

もちろん気軽に行き来できるわけではない。将軍が一日の殆どを過ごす中奥は御城勤めの役人が執務する表とは上の錠口で、御台所を始めとする女たちの園である大奥とは御錠口によって仕切られており、出入りが厳しく制限されていた。

その中奥に三十絡みの武士が入ってきた。

平家蟹を思わせる、厳めしい面構え。肩衣に染め出された家紋は星梅鉢。

白河十一万石を治める譜代の大名家、久松松平の紋所だ。

「こ、これは越中守様」

「お、御役目ご苦労に存じ上げまする」

上の錠口を守る番士たちはさっと脇へ退き、緊張を隠せぬ面持ちで頭を下げた。

「大儀(たいぎ)」

言葉少なに労をねぎらう武士の名は松平越中守定信。

老中首座に将軍補佐、中奥で働く者たちを監督する奥勤めを兼任し、一昨年に十五の若さで徳川十一代将軍となった家斉を支える、幕閣のお歴々の筆頭だ。

定信が向かった先は御休息の間(ま)。手前に設けられた御座(ござ)の間が老中や若年寄と面談する執務の場であるのに対し、御休息の間は居間と寝所を兼ねている。その名の通りにくつろぐための部屋であった。

部屋の中は上段と下段に分かれており、広さはそれぞれ十八畳。折しも家斉は上段の間に陣取り、当番の奥小姓と囲碁に興じていた。

「上様、越中守様にございまする」

観戦していた小姓の一人が、慌てて家斉に呼びかける。

「越中だと」

家斉が驚いた様子で顔を上げた。

定信は下段の間に膝を揃え、険しい視線をこちらに向けていた。

家斉が小姓たちと碁盤を囲んでいるのを知るや訪いも入れずに襖を開き、敷居を越えて入り込んだのである。

老中首座と言えども無礼なことだが、誰も注意はできなかった。

定信は幕閣である前に、家斉とは身内同士。甥の教育を担う叔父のような存在だ。生来わがままな家斉といえども容易には逆らえない。父の治済からも越中守の言うことには何であれ、耳を傾けるようにと釘を刺されているからだ。

「苦しゅうない。そのほうらは下がりおれ」

家斉は小姓たちを退出させ、定信に向き直った。

「説教ならば程々に致せよ、越中。お万と和子の無事が案じられて止まぬゆえ、余も落ち着かぬのだ」

「御心中お察し申し上げまする。されば尚のこと、御身を慎んでくだされ」

先手を打った家斉に、定信は真面目な顔で切り返す。

家斉は近日中に人の親となる身である。

御手つき中臈のお万の方が、もうすぐ子供を産むからだ。

家斉は正室である御台所に加えて、二人の中臈を側室としている。

御台所の茂姫は家斉と同い年の十七歳で島津家の生まれ。家斉がまだ一橋徳川家の若君だった頃に婚約し、同じ屋根の下で共に成長した仲だが、御三卿はまだしも将軍家に外様大名の息女が輿入れするのは異例。形だけでも公家の養女とする措置が必要とされたため、華燭の典を共にしたのは去る二月八日のことだった。

本来ならば家斉は身を慎み、幼なじみと結ばれる日を待つべきだったのだろう。しかし、十五の若さで大奥を我が物とした健康な少年が二年もの間、女色の誘惑に耐え続けるのは難しい。

将軍職に就いてすぐ御手つきにしたのは、出産も間近のお万の方。いま一人のお楽の方は、まだ正式な側室に数えられていなかった。

「上様、卒爾ながらお尋ね致しまする」

「今更な物言いだな。そのほうの言うことはいつも卒爾だ」

「痛み入りまする」

「褒めてはおらぬ。早う申せ」

「上様におかれましては、いまだ楽への御執心が尽きませぬのか」

「当たり前だ。何としても余の手元に置くつもりぞ」

「わがままも大概になされませ上様。そもそも楽は」

「余の手つきだぞ、お楽の方と呼べ」

「恐れながら、それは表立っては申せぬことかと」

「男女の仲には内縁というものがあるのを知らぬか、この堅物め」

「何卒ご自重くだされ。あのおなごは拙者が妹の中臈にして、今は紀州(きしゅう)様のご家中(かちゅう)にございまするぞ」

平家蟹のごとき顔を揺るがせもせず、定信は言い切った。

定信には種姫(たねひめ)という七歳違いの妹がいる。当初は家基の正室となることを前提に大奥入りをしたものの縁談は立ち消えとなり、代わりに紀州徳川家の世子(せいし)の治宝(はるとみ)に嫁ぐ運びとなって、大奥で仕えていた中臈らと共に赤坂の紀州藩上(かみ)屋敷に移り住んだ。

ところが家斉は中臈の一人であるお楽の方に執心し、種姫の名代(みょうだい)として茂姫に挨拶に来させるという名目で、大奥にしばしば呼んでいたのだ。

「紀州とは今年の内に話を付ける。何としても余が手元に置くゆえ、そのほうも左様に心得い」

「……御意(ぎょい)」

定信は渋い顔で首肯(しゅこう)した。

「時に上様、風見に何ぞ御命じになられましたな」

「ん？ 何のことだ？」

「御とぼけになられても無駄なことにございまする。かねてより調べさせておられた武井主馬の所業が始末、今宵にも決行せよとの御上意かと存じ上げまする」

「……そのほう、気づいておったのか」

「は。風見が武井の屋敷を探っておりましたゆえ」

何食わぬ顔で答える定信は、日頃から江戸市中に間者たちを放っている。

中核をなすのは田安徳川家以来の側近である水野為長だが、定信は久松松平の本家筋である桑名藩に協力を要請し、同藩の家老を代々務める服部家の手を借りていた。

戦国乱世に服部家の当主だった半蔵正成は武将として神君家康公に仕え、伊賀越えを始めとする数々の武功を立てたことで知られているが、息子たちの代になると配下の伊賀組同心に反抗されて立場を失い、桑名藩に仕えるようになったのだ。

将軍家の直臣ではなくなって久しいものの、服部家は手練の忍びを統率した名将の末裔。竜之介に気取られず様子を探らせるのも容易いことに違いない。

「余計な探りなど入れさせおって……余の仕置が不服か、越中」

「滅相もございませぬ。むしろ御賢明かと存じまする」

説教が続くのかと思いきや、返されたのは意外な答えであった。

「武井主馬は不届者なれども三河以来の名門にございまする。家名だけはしかるべき筋より養子を立てて存続させねばなりますまいが、主馬には急な病にて果てたということで引導を渡すより他にございますまい。もちろん、かの御刀を取り返させた上のことにございまするが」

「分かっておる。なればこそ、風見に命じたのだ」

「されば。後は首尾を待つだけにございまするな」

「そういうことだ。枕を高うして待っておれ」

「油断は禁物にございまする」

胸を張る家斉に、すかさず釘を刺す定信だった。

四

風見家が屋敷を拝領している小川町は、千代田の御城の北に位置する。

神田川と御堀の狭間に広がる武家地には大小の屋敷が建ち並び、夜は元より日中も静まり返った、同じ神田でも賑々しい町人地とは趣を異にする地であった。

屋敷の表門である、片番所付きの長屋門が見えてきた。

一行に付き添っていた中年の足軽が無言で指示を出し、歩みを止めさせる。行列を調える押を役目とする島田権平だ。

「殿のお帰りである！」

門前で呼ばわったのは、供侍として同行した用人の松井彦馬。

その声を合図として、門扉が重々しい音と共に左右へ開かれる。

開門したのは片番所に詰めていた、中間頭の又一と新入り中間の茂七である。

「お帰りなさいませ」

門前まで迎えに出てきた丸眼鏡の若い武士は彦馬の息子で、共に用人を務めている帳助だ。

以上の十一人が、幕府の規定に合わせて数を揃えた家臣団。いざ合戦となった時は当主の竜之介配下の軍勢として、戦うことを使命とする男たちである。帳助に左吉と右吉、茂七を加えた四人のみが新入りで、彦馬を始めとする年嵩の面々は竜之介を婿に迎えて隠居した、先代当主の多門の代から仕えていた。

竜之介が疾風から降り立った。

軽やかな身のこなしに、もはや動揺は見出せない。

「皆、大儀であったな」

血の気が戻った童顔を前に向け、竜之介は中間たちの労をねぎらう。

「滅相もありやせん。本日もお勤めご苦労様でございやした」

又一に続いて頭を下げた中間たちは速やかに、次の行動へと移った。

鉄二は槍、瓜五は挟箱、勘六は長柄傘を担いで去り、参三だけが竜之介の後に付き従う。草履取りの役目として、屋敷に上がる際に脱ぐ履物を揃えるためだ。

左吉と右吉は疾風の轡（くつわ）を取り、庭の馬小屋に連れていく。

「おいおい、待ってくれよ。俺もカシラから手伝えって言われてんだから」

阿吽（あうん）の呼吸で動く双子の兄弟を、茂七が慌てて追いかけた。

「殿、我らも失礼致しまする」

「うむ。おぬしたちも大儀であった」

「されば、ご免」

「ご無礼を致します」

竜之介に挨拶をした彦馬に続き、帳助も一礼する。

「ところで父上、帳簿づけは済ませておきましたよ」

「左様か。されば心置きのう、忠（ただし）様に窮理（きゅうり）のご指南をして参るがいい」

「心得ました。帳簿の検（あらた）めは父上にお任せ致します」

「任せておけ」

用人の仕事の打ち合わせをしながら歩き出した松井父子を見送ると、権平は黙って竜之介に頭を下げた。

足を向けたのは、屋敷での持ち場としている片番所。

あるじの下城のお供を終えた後は、門番として睨みを利かせるのが権平の役目だ。隣近所の旗本の家々と共同で運営する辻番所にも他家の足軽と交代で詰め、界隈の治安を維持する任を担っているのだ。

各自が任された役目を担い、労を惜しまず勤しむのがご奉公。

それは将軍家の直臣である、竜之介にとっても言えること。

将軍付きの奥小姓としてのみならず、裏の始末にも——。

「参るぞ」

竜之介は一声上げて歩き出す。

石畳を踏んで進み、向かうは内玄関の定口。

客を迎える玄関と違って駕籠を横付けする式台が付いておらず、小ぢんまりとしているが、塵一つ見当たらない。

掃除が行き届いていたのは、弓香が三つ指をつく板敷きも同じであった。

「お帰りなさいませ、殿様」

「うむ」

淑やかに頭を下げる愛妻に、竜之介は言葉少なに頷いた。

弓香の傍らに控える新入り女中の花は、水を汲んだ桶を捧げ持っていた。

茂七らと同じ山村から江戸に出てきた花は今年で十九。笑顔の絶えない明るい質で古株の面々とも早々に馴染んだが、竜之介の前ではしおらしい。

「殿様、どうぞお濯ぎを……」

「おっと。そいつぁ俺の役目だぜ、お花坊」

手を伸ばしかけたのを押しとどめ、参三は水桶を取り上げた。

竜之介を上がり框に腰掛けさせ、埃で汚れた足を濯ぐ手つきは慣れたもの。九月になるまでは御城中でも裸足で過ごすのが習いのため、足袋は履いていない。

「ご苦労様」

弓香は参三と花の労をねぎらうと、竜之介が提げた刀を受け取った。

二人の夫婦仲は竜之介が風見家へ婿に入り、一年が過ぎても変わらず良好。弓香は新婚だった頃にも増して、甘えた素振りが目立つ。

「殿様、虎和が体を反らせるようになりましたよ」

「まことか」

「はい。鳥の真似でもしておるようで、微笑ましゅうございまする」

「それは見たいな」

「ふふ、後ほどお目にかけまする」

微笑む弓香は童顔の竜之介に対して大人びた、凛とした目鼻立ち。美貌に惹かれて言い寄る男どもを歯牙にもかけず、自分より腕の立つ殿御でなければ相手にしないと豪語して風見の鬼姫と恐れられていたとは思えぬ程、我が子の成長ぶりを語る表情は可愛らしいものだった。

夫婦の部屋は中庭に面した場所。

日当たりの良い縁側では多門が虎和を抱いたまま、うとうととまどろんでいた。

弓香と竜之介が廊下の角を曲がって近づくと、閉じかけていた目が開く。

目が小さく鼻筋の太い、愛嬌ある目鼻立ちだ。

「おお婿殿、戻られたか」

「ただいま帰りました、義父上」

「うむ、うむ。今日も御役目大儀であったのう」

好々爺然とした笑顔で竜之介を迎える多門は、七十を過ぎても若々しい。小納戸として現役だった当時は槍の多門の異名を取り、将軍の身の回りの世話を焼くと同時に万が一の場合に備えた警固役にふさわしい、腕利きとして知られていた。

「虎や、父上のお帰りだぞ」

多門が虎和を抱いて立ち上がった。

竜之介に歩み寄り、そっと手渡す。

「だぁ、ぶぅ」

虎和は愛らしい声を上げ、父親にしがみつく。

甘える様に笑みを誘われながら、竜之介は部屋に入った。

隅に敷かれた布団に横たえ、薄い夜着を掛けた上から腹を撫でてやっているうちに虎和は眠りに落ちた。

「訊いてもいいかね、婿殿」

傍らで見守っていた多門が呼びかけた。

「お前さん、上様の御下命で武井主馬を調べておるじゃろ」

「……お気づきにござったか」

「先夜は何者かに礫を打たれ、やり損ねたことも旗本仲間の噂になっておるよ。余程の腕利きが乗り出したようだが、辻斬りは癖になるというからのう。罪を悔いて自訴するどころか、またぞろ動き出すのは目に見えておるわ」

「……それがしも左様に判じまする」

「今宵辺り、仕掛けるのかね」

「烏合の衆にござれば、それがし一人にお任せくだされ」

「気負いも慢心も禁物じゃよ。悪いことは申さぬゆえ、わしらにも手伝わせなさい」

「義父上、されど」

「こう言うては何だが、わしはおぬしの先輩だ。後見するのは当然であろう」

「……ご面倒をおかけ致しまする」

「ははは、水臭いことを言うてはいかん。可愛い虎のためにも、婿殿には御用を全うして貰わねばならぬからのう」

多門と竜之介のやり取りを、弓香は無言で見守っていた。

この三人は歴代の将軍たちから、人知れず悪を討つ御墨付きを下された身。

拝領した頭巾の額に設けられた垂れの下には、三つ葉葵の紋所が隠されている。
どの将軍の御家紋かを見分ける際に目印とされる、蕊の数は十三。
九代家重公から御当代の家斉まで、三代続く意匠だった。

五

武井主馬は夜更けの自室で独り、太刀を磨り上げた刀に見入っていた。

「……ふふ。そろそろ前の持ち主である、古の武者たちにも追いつきそうだな……」

かつては恰幅の良かった体が痩せ細り、落ちくぼんだ目ばかりぎらつかせている。

灯火が照らす刃文は、乱れも華やかな丁子である。

文字通りに丁子の花が連なって咲く様を彷彿とさせる中に交じる、膜に覆われた蛙の卵を思わせる刃文は蛙子丁子と呼ばれるものだ。

「流石は光忠。風雅にして頼もしきことよ……」

主馬は惚れ惚れした面持ちで呟いた。

光忠は鎌倉時代の刀工で、備前国にて栄えた長船一門の祖。

子の長光と孫の景光も名工として世に知られ、以降の子孫と弟子は合戦が騎馬武者の一騎打ちから足軽を動員した集団戦へ変化したことで増大した需要に応じ、数打ちと言われる量産品の刀を手がけたが、戦国の乱世も末に至った頃に氾濫した吉井川の濁流に流されて多くの者が亡くなり、その技法は絶えて久しかった。

「殿、そろそろお支度を」

「うむ。再び上様の御目に叶うため、今宵も大いに手の内を錬ると致そうぞ」

用人の呼びかけに答えると、主馬は納刀した。将軍の座に着いて間もなかった頃の家斉の御前で抜刀術の形を演武して御褒めに与り、拝領した時そのままの地味ながら堅牢な拵である。

栄えある一振りを我が物として鼻高々であった主馬を貶め、自信を喪失させたのは老中首座の松平越中守定信と、将軍家剣術指南役の柳生但馬守俊則。

武芸を見る目の甘かった家斉に二人して苦言を呈した上で主馬を呼びつけ、児戯に等しい、人どころか大根もまともに斬れぬであろう出来の技で恥知らずにも御褒めに与ったのは御上――将軍に対し奉る冒瀆に他ならぬと、手厳しく説教したのだ。

下し置かれた御刀を取り上げることまではしなかったものの、主馬が受けた屈辱はかつて覚えのないものだった。

その屈辱を忘れるべく、酒と女に溺れた結果は御役御免。

あがいた末に始めた辻斬りは文句のつけようのない技を家斉に披露し、その御前で定信と俊則の鼻を明かすための腕を磨くことが目的だった。

許されざる所業に同行するのは用人と二人の家士。あるじの露払いとして、数多の罪なき無宿人を手にかけてきた連中だ。

あるじが姿を見せるのを待ち、家士たちは屋敷の潜り戸を開いた。

人目を憚る辻斬りに出かけるのに中間たちを呼びつけて、いちいち開門させるほど愚かではない。門の脇に設けられた番所も、今は無人にさせてある。

だが、そんな用心も無意味であった。

主馬と用人が門の外へと出た直後、家士の一人が崩れ落ちた。

背後から脾腹を刺し貫かれている。いま一人の家士も、同様に果てていた。

忍び寄りざまに引導を渡したのは多門と弓香。

多門は三尺柄の枕槍、弓香は抜き身の脇差を手にしている。

覆面の額の垂れは下ろしたままだった。

今宵の始末は、三つ葉葵の紋所で恐れ入らせるには及ばない。

夜陰に乗じ、こちらも正体を隠した上で速やかに討ち果たす。

それのみを目的として乗り込んだのだ。

「うぬら、先夜に邪魔立てしおった曲者かっ」

用人が怒号を上げて抜刀した。

しかし、二人に斬りかかることは許されなかった。

「う⁉」

悪しき命を絶ったのは、後ろを取った竜之介の一刀。近間で鞘を大きく引き、抜き放ちざま斬り伏せていた。

「わわっ」

怯えて逃げ出す主馬を追い、竜之介も闇に向かって走り出す。

あるじの悪事を知りながら見て見ぬ振りをしてきた家中の者たちへの警告は、三人の亡骸だけで十分だ。後は元凶の主馬に引導を渡し、御刀を回収するのみだった。

主馬は袋小路に追い込まれた。辻番の目も届かぬ場所である。恰幅の良かった頃であれば体当たりで破れたはずの板塀も、痩せ細った体ではどうにもならない。

「お覚悟なされ」

竜之介は告げると同時に、鞘に戻していた刀に再び手を掛ける。

抜き打ちにしようとした刹那、主馬の体が大きく前にのめった。何者かが背後から斬り下げたのだ。

驚く間もなく、竜之介に白刃が襲い来た。

太刀ゆきは速い上に力強い。柄を操る手の内が錬れている証拠だった。

竜之介と同様に、頭巾で顔を隠している。

体格は中肉中背。装いも素性を特定し難い、ありふれた木綿の小袖と袴である。

どこにでもいそうな感じでありながら、積年の修行に裏付けられているのが明白な気迫が凄まじい。

圧倒された竜之介は無意識の内に、帯前の脇差に左手を伸ばしていた。

右手に刀を構えたまま、抜くと同時に突きかかる。

しかし不意を衝いたはずの刺突（しとつ）は、易々と受け流された。

竜之介は元々左利き。亡き両親に厳しく矯正され、自身も必死になって直したため余人は知らないことだ。

だが、相手は竜之介の奥の手を知っている。

そうでなければ、防ぎ得るはずがあるまい。

竜之介は冷や汗を流しながらも二刀を構え、相手と向き合う。

しかし相手は再び向かってくることなく、一気に走り出した。

後ろ向きに駆けて竜之介の間合いから逃れざま、踵（きびす）を返す動きは機敏そのもの。

左の手には主馬から鞘ごと奪い取った御刀を、しかと握り締めていた。

六

拙者は竜之介という男を良く知っている。

奥の手である、左手遣いの剣技も含めてのことである。

四年前に柳生道場で竜之介と立ち合い、追い込んだ末に禁じ手を出させたのは、他ならぬ拙者だからだ。

武家では子供の左利きを家運を傾ける元凶と見なし、徹底して直させる。

竜之介も例外ではなかったが、咄嗟（とっさ）の場合に使ってしまうこともしばしばだった。

初心の頃から稽古に付き合ってきた、拙者なればこそ知っていることだ。

それが先生と来賓たちが見守っておられる中、模範試合として催された立ち合いの場で露見（ろけん）しては、柳生の門人としての立場を失ったのも当然だろう。

竜之介は、やはり影に生きるのが似合いなのだ。

だが、拙者は違う。

徳川の禄を返上して円満に、真っ当に、新たな天地で生きるのだ。

この御刀は、そのためにお誂（あつら）え向きの引き出物。

礼を申すぞ、竜之介――。

第一章　御刀(おかたな)の行方(ゆくえ)

一

淡い月明かりの下、竜之介は立ち尽くしていた。

御刀を手にした影が遠ざかっていく。

速やかに追いかけ、倒し、取り返すのだ――！

そうしなくてはと分かっていても、足が言うことをきいてくれない。幼い頃の右手のごとく我が身でありながら意のままにならず、鉛(なまり)と化したかのようだった。

「退(の)いておれ、婿殿っ」

背後から多門の一喝する声が聞こえた。

同時に肩で押しのけられた。

竜之介がよろめきながら脇へ寄った瞬間、夜空に弧を描いて手槍が飛んだ。

多門は先々代の将軍だった家重から葵の覆面を授かった身。呑気な印象に似合わず几帳面で重宝された小納戸の御役目と同様に、影の御用も年季が入っていた。

得物の手槍は三尺の棒と見せかけた柄の端に槍穂が仕込まれ、ばねの力で飛び出す仕組みである。この手槍を常に三筋、多門は戦いの場に持参する。近間に立って突き伏せるだけではなく、遠間から投じるのも得意としていた。

逃げる曲者の背中を目がけ、太く鋭い槍穂が迫る。

威嚇するにとどまらず、一突きで仕留める勢いであった。

「む⁉」

多門の小さな目が見開かれた。

曲者が機敏に向き直り、飛来した手槍の柄を右手で摑んだのである。

老いても壮健な多門に増して夜目が利く上に、勘働きも尋常ではない。

驚きを隠せぬ多門の視線の先で、曲者が手槍を振りかぶる。

狙われたのは共に駆け付けた多門を追い抜き、曲者に迫りつあった弓香。間合いを詰めて斬りかかるのを阻むつもりなのだ。

投げ返された手槍が弓香の足下に突き刺さった。

跳び退るのが少しでも遅れれば、足の甲を縫い付けられていただろう。

弓香が動きを止めた隙に、曲者は手にした御刀の下緒を解く。

斜めに背負うや、横に向かって走り出す。

助走して飛びついたのは、表通りに軒を連ねる商家の庇。

一気に屋根までよじ登り、瓦を踏み抜くことなく駆けていく。

目的を遂げた盗賊が引き揚げる時と同じ手口だった。

江戸市中の表通りは町境に木戸と番小屋が設けられ、夜更けから明け方まで通行が制限される。不審な者は追い帰されるが武士に関しては規制が緩く、刻限を過ぎても家紋の入った印籠か提灯を示せば、足止めを食わされることはない。

あの曲者も士分ならば障りはないはずだが自身の差料の他に一振り、しかも見咎められては厄介な御刀を持っているがゆえに大事を期し、屋根伝いに逃げる方法を選択したのだろう。本職の盗賊さながらの、大胆にして慎重な手口であった。

「おのれ……」

弓香は悔しげに歯噛みしながら見送るばかり。

多門は無言で歩み寄り、路上に刺さったままの手槍を抜き取る。

そんな二人の後方で、竜之介はいまだ動けずにいた。

曲者が刃を交えながら浴びせてきた、邪気に蝕まれたのである。

久方ぶりに覚えた感覚だった。

柳生家の道場に入門を許され、勇んで通い始めた竜之介が意次の甥であるのを快く思わぬ兄弟子たちが稽古の相手をしてやると親切ごかしに言いながら、ひきはだ竹刀に乗せて叩きつけてきたのと似ている。

それは悪意というものを知らぬまま育った竜之介が初めて体験した、人が人に対して向ける、どす黒い感情であった。

自分たち一家を手厚く遇し、兄の清志郎には学問を、自分には武術を学べる環境を惜しみなく与えてくれた伯父の好意に報いたい。

そんな一念で励んでいただけなのに、竜之介には常に嫉妬と憎悪の視線がまとわりついてきたものだ。

誰とも知れぬ曲者は、かつての兄弟子たちと同じ感情を抱いている。

のみならず、こちらの素性まで把握していた。

竜之介が田沼意次の甥であると承知の上で自らの正体は隠し、不意を衝いて御刀を奪い去ったのだ。

奪われた御刀は家斉好みの、堅牢ながら地味な鞘に納められていた。

奥小姓の御役目として御刀持ちを務める折の多い竜之介には馴染みの拵だが、鞘に納められた状態では将軍から拝領した、価値ある一振りとは分かるまい。

にもかかわらず、あの曲者は全てを承知していたのだ。

さもなくば主馬を待ち伏せて斬ることも、御刀を横取りすることもできぬはず。

そもそも竜之介が左利きだったのを、余人が知っている筈がない。

あの曲者は何者なのか。いつの間に探りを入れられたのか？

答えを見出せぬまま、竜之介の頭の中が真っ白になっていく。冷や汗が尽きることなく噴き出し、黒い覆面をしとどに濡らしていた。

多門と弓香が歩み寄ってきた。

「すまんのう、婿殿」

「お役に立てず、面目次第もありませぬ」

口々に詫びる声が虚しく響く。

向き直る竜之介の表情も虚ろであった。

元より二人に落ち度はない。

悪いのは婿でありながら不覚を取り、風見の家名を危うくしてしまった竜之介。

始末をつける方法は一つしかなかった。

「義父上……」

竜之介は重たい口を開いた。

「うむ？」

「虎和への家督相続の儀、よしなにお頼み致しまする」

「何を言うとるんじゃ、婿殿」

多門が怪訝そうに問い返す。

「ご免」

竜之介は一言告げるや、帯前の脇差を抜き放つ。

左手を遣わなかったのは、それが家運を傾けると承知していればこそ。

迷うことなく、切っ先を脇腹へと向ける。

「お前様っ⁉」

立ち腹を切ろうとした夫の手から、弓香は脇差を奪い取った。

「早まるでない！」

多門が叱りつけざま、首筋に手刀を叩きつける。

竜之介の意識が遠のいていく。

全ては悪い夢であってほしい。

失神する間際、切にそう願わずにはいられなかった。

二

多門と弓香が神田小川町の屋敷に戻ったのは町境の木戸が閉じられる夜四つ、午後十時を少し過ぎた後だった。

門脇の片番所から出てきた権平が潜り戸を開き、三人を迎え入れる。

「おお、遅くまでご苦労じゃな」

笑顔で労をねぎらう多門に、権平は黙って一礼した。

「今宵も抜かりのう頼みますぞ」

弓香が凜とした目を向け、念を押してくるのもいつものことだ。

そんな二人に竜之介は肩を支えられ、潜り戸の敷居を越えていく。

足を自力で動かすことができていない。明らかに意識を失っていた。

「殿様は、お加減が……?」

「大事ない。ちと悪酔いをしただけじゃ」

思わず権平が問おうとしたのを多門が遮る。いつもと変わらぬ柔和な面持ちながら有無を言わせぬ迫力を漂わせていた。

「父上、お早く」

「分かっとる、分かっとる」

三人は定口から屋敷に入っていく。

板戸が閉じられるまで、権平は頭を下げたままでいた。

奇妙なことである。

意識を失うまで痛飲したという竜之介は元より、相伴した筈の弓香と多門も酒の臭いを全くさせていなかった。

権平は無言で首を振り、片番所に戻った。

門前の様子を一望できる窓辺に座り、溜め息を一つ吐く。

今年で五十になる権平は、十八の時に風見家に仕官した。仕える家が定まらぬ渡り中間の倅が決まった主家を持ったばかりか、軽輩の足軽ながら武士として大小の二刀を帯びる立場となれたのは、大した出世と言えよう。

右も左も分からぬ権平を召し抱えて武士の心得を一から教え込み、騒ぎを起こした不埒者を懲らしめるだけならば剣術よりもよっぽど役に立つんじゃよ、と棒術の指導までしてくれた多門には、いまだ感謝が尽きない。

生まれた時から知っている、弓香に対しても同様だった。

風見の鬼姫と恐れられながら実は可愛いものを好むのが微笑ましく、多門の計らいで結ばれた竜之介との夫婦仲が変わらず良好なのを常々喜ばしく思ってもいた。

そんな多門と弓香は時折、夜更けに出かけることがある。

妻を早くに亡くした多門が屋敷を抜け出すのは、別におかしな話ではない。権平も番人の役目を中間たちに替わって貰い、独り身の寂しさを紛らわすのに酒と女で一時（いっとき）の歓（かん）を尽くすことはある。男やもめの多門にも当然、気散じは必要なのだろう。

ところが弓香までもが同様に人目を忍び、それも男装をして夜更けに出かけるようになったのは、前（さき）の将軍だった家治公に召し出された後のこと。

理由は腕を磨くためだと当人から聞かされた。夜の盛り場で喧嘩慣れをした地回りや浪人を相手取るのは道場で稽古をするより面白い、剣術の形（かた）しか身に付いていない者たちを総なめにするよりも、よほど役に立つと豪語されたものだった。

竜之介と結ばれて虎和を生み、母親となってまで同じ真似をするのはいかがなものかと思われたが、かつて鬼姫と呼ばれた武辺者（ぶへんもの）の血が再び騒いだということであれば致し方あるまい。

だが、今宵は明らかに様子がおかしい。

人目を忍んで屋敷を出た多門と弓香が、先に外出した竜之介と連れ立って帰宅したのは、今月の初めに続いて二度目のこと。

あの折の竜之介は何か大きな仕事を成し遂げてきたかのような、高揚した面持ちをしていたものだ。

ところが今宵は意識を失ったまま、多門と弓香に支えられて戻ってきた。

竜之介が当節の武士に珍しく、鍛え抜かれているのは権平も承知の上だ。

武術の技量は弓香以上で、若い頃の多門を彷彿とさせる。

童顔ながら酒も強く、うわばみ揃いの中間衆と杯を重ねても酩酊する姿など見せたことがない。

竜之介は強者というだけではなく、人としても好ましい主君だった。

まず第一に、根っから人が良い。

無宿人の子供たちを引き取って、空いていた御長屋に住まわせるなど他の旗本屋敷では考えられないことだ。

元より風見家は過ごしやすい家中であった。中間も女中も当人が望まぬ限りは年季奉公を続けさせ、出替わりを強いることはない。多門から受け継いだ方針を竜之介は遵守しており、今年もお払い箱にされた者は一人もいなかった。

これもまた、他の旗本ではあり得ぬことだ。

そんな竜之介が担がれて帰宅したとあっては気がかりな限りだが、不用意に尋ねてはなるまい。

家中の内情は何であれ外に漏らさず、余計な詮索もしないのが武家に奉公する身の正しい心得だと、権平は多門から教えられた。

口の軽さで勤めをしくじった、父親の轍を踏むつもりはない。端くれながら武士となったからには尚のことだ。

権平は六尺棒を手にして片番所を出た。

潜り戸を抜けて門前に立ち、十六夜月の空を見上げる。

新緑の候を迎えた江戸は暑すぎず寒すぎず、夜が更けても過ごしやすい。

今宵も穏やかな一夜となりそうだった。

三

竜之介は弓香が私室に敷いた布団に横たえられた。

既に冷や汗は引き、立てる寝息も静かである。

しかし夫婦が赤ん坊を交えて過ごす部屋に、いつもの甘ったるい雰囲気はない。

昏々と眠る夫に寄り添う弓香の傍らでは、火鉢の五徳に掛けた鉄瓶がしゅんしゅんと湯気を立てているばかり。目覚めた時に再び自裁しようとするのを防ぐため、大小の二刀は多門の部屋に置いてある。

虎和の姿は見当たらない。

弓香が屋敷を抜け出す前に、女中頭の篠に預けておいたのだ。

篠は早くに母親を亡くした弓香の乳母でもあり、夫の彦馬と息子の帳助と共に屋敷内の御長屋で暮らしている。

その御長屋の様子を見に出ていた多門が戻ってきた。

「いかがでございましたか、父上」

「大事ない。虎は元より、みんな床に就いておったよ」

多門が上座に腰を据えると弓香は火鉢に向き直り、茶を煎じる支度を始めた。

旗本屋敷の表門に連なる形で設けられた御長屋は、住み込みで奉公する家来のための住まいである。中間には御長屋とは別の大部屋があてがわれ、頭の又一の監督の下で寝起きを共にしていた。

「瓜五と勘六も今宵は早うに戻ったそうじゃ」

「されば、私どもを見られた恐れはありませぬね」

「瓜五はようモテるからのう。くわえこんだ女どもが離しはせぬゆえ、無闇に夜道をぶらつく暇などあるまいよ。あやつにくっついて回る勘六も、またしかりじゃ」

「子供たちに変わりはありませぬか」

「留太も末松も今の暮らしに慣れたと見えて、ぐーぐー眠っておったよ。おりんだけは床を取らず、何やら縫い物に励んでおったわ」

「針仕事ですか。まだ遊びたい盛りと申すに、夜なべまでせずともよいものを」

鉄瓶の湯を急須に注ぎながら弓香が呟く。

内証が苦しい旗本は中間部屋で御法度の賭場を開いて寺銭を稼がせたり、決まった人数を召し抱えずに空けた御長屋を店子に貸して家計を補う家も少なくないが、風見家はそこまで逼迫してはいない。帳助を仕えさせるまで彦馬と共に用人を長らく務めていた浪人が元の主家に戻り、住む者がいなくなった部屋には竜之介が縁あって引き取った、無宿人の子供たちが住んでいた。

「それにしても、いつの間に針の扱いなんぞ覚えたんじゃ」

「お篠さんを拝み倒して教わった時、仕事の口も回して貰えるように頼み込んだそうです。少しでも稼ぎ、私共に店賃を渡したいと」

「左様なことを言うとるのか？　婿殿の大事な甥御を救い出す手助けをしてくれたと申すに、銭のことなど気にせずとも構わんのだがのう」

「その殊勝な気持ちだけで十分ですのにね……父上、ご一服なされませ」

痛ましげに呟く多門に、弓香は湯気の立つ茶碗を供した。

「ほほう、だいぶ慣れて参ったようだのう」

「見損なわないでくだされ。私とて、いつも殿様……竜之介さんに煎じて頂くばかりではありませぬ」

「ははは、冗談じゃよ」

愛嬌のある顔を綻ばせ、多門は熱い茶を啜る。

「うむ、うむ……。婿殿には及ばぬまでも、腕を上げたの」

「そんな、滅相もありませぬ」

「世辞ではないぞ。お篠が幾ら教えても一向に上達せなんだ頃を思えば、のう」

頬を赤らめる家付き娘をからかいながら、多門は竜之介から目を離さずにいる。

弓香も急須に残った茶を自分の碗に注ぎつつ、夫の様子を気に掛けていた。二人の口数が必要以上に多いのは、不安を紛らわせるために他ならなかった。

竜之介はまだ目を覚まさない。

多門が当て身を浴びせただけで、ここまで深く眠り込んだわけではあるまい。影の御用を二度目にして仕損じた、その衝撃に耐えかねてのことに違いなかった。

「父上」

「何じゃ？」

「私たちが馳せ参じた時、竜之介さんは金縛り（かなしば）に遭われたかのごとく、動けぬ有様にございましたね」

「金縛りか。まさに言い得て妙じゃな」

「あの曲者の気に、呑まれたのでしょうか」

「そうだのう。あれ程の手練ならば、気圧（けお）されても不思議ではあるまい」

「私は、奥の手を防がれたせいではないかと判じまする」

「あの一手を破られたとすれば、気落ちするのも無理はないのう」

弓香の問いかけに答える多門は、本来の竜之介が武家の子にあるまじき、左利きであるのを知っている。元より弓香も承知の上だ。

思わぬ事実を知るきっかけは多門と弓香に竜之介を交え、三人で初めて影の御用に臨んだ時のことだった。竜之介の甥の忠を拐（かどわ）かして人質に取り、定信を暗殺させようとした札差（ふださし）の店に乗り込んで、まとめて成敗したのである。

影の御用は幾ら腕が立とうと、公儀の武官たちには任せられない。命じられるのは公にするのが憚られる、いわゆる醜聞の始末だからだ。悪しき札差が企んだ、定信の暗殺未遂もそうであった。

松平越中守定信は、老中首座となって二年目。

今や奥勤めに加えて将軍補佐まで兼任し、家斉に委ねられた強大な権力を以て幕政の改革を推し進めている。

その清廉にして強硬な姿勢には反対する者も数多く、御城中で毒殺されかけた事実がもしも発覚すれば、ここぞとばかりに批判の声が上がるのが目に見えていた。

刺客を差し向けられたのは後ろ暗いところがあってのことに違いない。質素倹約と士道矯正を唱え、自ら慎ましい暮らしを実践していると評判の聖人君子も裏では何をしているのやら——。

そんな悪評を立てられては御政道に支障を来し、将軍家の威光にも傷がつく。ゆえに家斉は祖父の家重と義父の家治に倣い、影の御用を竜之介に命じたのだ。

若き将軍の期待に違わず、竜之介は見事に初の裏始末を果たした。

その折に竜之介が手練の用心棒に苦戦を強いられ、左手で抜いた脇差を繰り出して返り討ちにするところを、多門と弓香は目の当たりにしたのである。

あれは竜之介が意識せずして繰り出した、咄嗟の一突き。

それでいて、十分な修練に裏付けられた冴えだった。

日の本では左利きの子供は家運を傾けると見なされ、武家と町家の別なく右利きに矯正される。竜之介の所作が万事に亘って丁寧なのは、本来の利き手ではない右手で失敗するのを防ぐためであった。

そうやって右利きを装いながら竜之介はいざという時に備えた奥の手として、左手遣いの剣技を秘かに磨いていたのだ。

その奥の手を破られたのならば茫然自失となり、左手に脇差を持ったまま動けなくされていたのも頷ける。

「父上、あの曲者は竜之介さんを昔から存じておったのではありますまいか」

弓香が不意に口を開いた。思案の末のことだった。

「婿殿が右手を遣うのに不慣れであった幼い頃からの、知り人ということかの？」

「夫婦として起き伏しを共にしておる私も気づかなんだのを、あやつが出会うて早々に見抜いたとは思えませぬ」

「うむ……されど、婿殿にしてみれば酷な話じゃな」

「迷うておる暇はありませぬ。このままでは上様にも越中守様にも、申し開きが立ちますまい！」

弓香が声を荒らげた。

「私はこの人に生きてほしいのです！　たとえ竜之介さんが拒もうとも曲者の素性を明らかにし、御刀を取り戻してご覧に入れまする‼」

「静かにせい。婿殿が聞いておるぞ」

多門の指摘に、弓香は慌てて視線を転じた。

「い……いつからお目覚めでしたのか？」

「茶の香りがしたのでな……その、色々と面目ない」

布団から体を起こした竜之介は恥じた面持ち。

畳に降りて膝を揃え、二人に向かって頭を下げる。

再び面を上げた時には、固い決意を童顔に宿していた。

「とんだご雑作をおかけ申した。こたびの不始末は上様に包み隠さず申し上げ、その上で御刀を取り戻すことを御許し頂きたいと願い奉る所存にござる。二度と早まった真似は致しませぬゆえ、お許しくだされ」

「お前様……」

「よき覚悟じゃ、婿殿」

熱い眼差しを向ける弓香の傍らで、多門は微笑む。

「身を捨ててこそ浮かぶ瀬もあれと申す通り、斯様（かよう）な折は狼狽（うろた）えぬのが肝心。越中守様が横から何と申されようと、臆しては相ならんぞ」

「はっ」

竜之介は重ねて頭を下げた。

これは婿である竜之介の一命のみならず、風見家の浮沈が懸かった問題。

家斉の答えによっては釈明するのも許さずに腹を切らされ、お家断絶されてしまうこともあり得るだろう。

されど、臆していては何も始まらない。

決死の覚悟を以て臨んだ上で、御沙汰を待つのみであった。

四

「ヤー、ヤー、ヤー！」

力強い掛け声が朝日の下に響き渡った。

千代田の御城の庭に設けられた馬場である。

長さが五十三間、約一〇四メートルの馬場の両端には紅白の門が用意され、十騎の馬に跨った男たちが二組となって、一つの毬を奪い合っていた。

表面が革で覆われた毬は八寸、約二十四センチ。

目立つ白馬を駆り、転がるのを追っていくのは家斉だ。

「ヤッ!!」

先端に槌が付いた杖を振るい、気合いも鋭く飛ばす動きは慣れたもの。

打毬と呼ばれる、元は宮中の行事だった競技である。

家斉は大奥に入り浸るばかりの将軍ではない。

十七歳の青年らしく漲らせる精気は夜の房事だけに限らず、日々の営みのあらゆるところに発揮された。

その一つである打毬は、長らく廃れていたのを家斉の曾祖父である吉宗が公家のみならず武家にも推奨し、武芸の鍛錬の一環として自ら参加することも好んだ。

流石の家斉も冬場は足が遠のき、花冷えの厳しい時期も敬遠していたものの、新緑の候を迎えた今は過ごしやすい上に夜明けも早くなったため、起床して早々から一汗掻くのを日課としていた。

「さ、いま一度だ」

「は……ははーっ」

意気盛んな家斉に対し、付き合わされた小姓たちは疲れ気味。中奥に泊まった際は仮眠しか取れず、一人は不寝番だったとあっては無理もあるまい。

そんな情景を定信は仁王立ちで見守っていた。

八丁堀の白河藩上屋敷とは別に老中首座の役宅として与えられた、西の丸下の屋敷から朝一番で馳せ参じたのだ。

いつもながらの平家蟹を彷彿とさせる渋面に毬奉行以下、試合に立ち会う役人たちは落ち着かぬ様子。打毬に関することを御役目とする身だけに早朝から出仕するのは致し方ないことだが、強面の老中首座に臨席されてはやりにくい。

「越中守様、どうかお座りに……」

「馬鹿を申すな。御戯れと申せど上様は御出陣中であらせられるのだぞ。臣下の身でのんびり腰を下ろしてなどいられると思うたか」

「ご、ご無礼をつかまつりました」

せめて座っていて貰えればと床几を用意しても、定信は取り合わない。

一同が揃って委縮する中、平気な顔をしているのは家斉のみ。

「ヤーッ！」

受けた毬を大胆に転がしながら白馬を駆り、一気呵成に打ち放つ。

狙い違わず敵陣に叩き込み、莞爾と笑う表情は満足げ。

家斉はこうして体を動かすだけではなく、書物も好む。

とりわけ気に入っているのは三国志だ。

小姓たちに代わる代わる音読させては飽くことなく耳を傾け、続きが気になった夜は大奥に渡らず、中奥で床に就きながら枕元で読ませる。

他にも甲州流軍学の聖典とされる『甲陽軍鑑』に熱中し、徳川の分家の当主で城の普請に秀でた松平家忠が戦国乱世の武将の日常を書き遺した『家忠日記』に胸を躍らせて、朝餉を摂りながら読み聞かせを所望する程だった。

教養を得る源は人によって異なるものだ。

儒学の素養を第一に求める定信の小言を意に介さず、軍記物に熱中しながら武芸を実践することにも勤しんだ家斉は、心身共に惰弱とは無縁の青年だった。

その関心が悪しき方向に働いたのが、武井主馬の一件。

将軍の座に着いて間もない頃、旗本たちの間での評判を鵜呑みにした家斉が主馬に演武の上覧を命じ、腕前を絶賛したばかりか傍らの御刀持ちが手にしていた光忠作の一振りを褒美に与えてしまったことは、若気の至りと言わざるを得まい。

主馬が自信を以て披露した抜刀術は、賞賛に値するものではなかったからだ。

抜刀術はいくさ場にとどまらず、屋内でも有用とされる武術である。

泰平の世で武士の証しとしか見なされなくなった刀を本来の武器として危急の際に活用すべく、狭い廊下や縁の下、暗がりといった不利な状況を鞘の巧みな捌きによる抜き打ちで突破することを想定し、各流派で様々な技が編み出された。

その一派を学んだ主馬が中奥での上覧演武に用いたのは本身ではなく、斬れぬように刃の部分を潰した刃引き。刀どころか脇差も持ち込めぬ将軍の御前ゆえの配慮かと思いきや、主馬は日頃から刃引きでしか稽古をしていなかったと後に分かった。

斬れる刀で演武をすれば自分の手を傷つけ、御座所を血で穢していたに違いない。

その程度の技量で御前に罷り出るとは、身の程知らずにも程がある。

そう指摘したのは定信と、将軍家剣術指南役の柳生俊則。

流石の二人も演武の最中に口を挟む無礼は控え、後から家斉に諫言した上で主馬を呼び出し、まともに人も斬れぬ子供騙しで御褒めに与るとは何事か、恥を知れと叱りつけたのだ。

将軍を教え導く立場としては正しい行動だったが、招いた結果は最悪だった。

主馬を叱った時、御刀も強いて取り上げておかなかったことが災いしたのだ。

未熟を思い知らされた主馬が辻斬りを、それも公儀が扱いに苦慮している無宿人を狙って始めた動機が発覚しては一大事。老中首座ばかりか、将軍が学ぶ御流儀である新陰流の柳生家まで関わっていたと世間に知れれば、家斉の威光にも傷がつく。

竜之介が命じられた影の御用は、それ程までに重大な使命であった。

「風見ならば万が一にも仕損じはあるまいよ」

家斉は白馬から降り立つと、降り注ぐ陽光の下で呟いた。

竜之介を本物の手練と見込んで葵の覆面を授け、上首尾の報告と共に御刀を持ってくると信じて疑わずにいればこそ、口を衝いて出た一言だった。

試合を最後まで見守っていた定信も、そこまでは気づかない。

耳にしたのは小姓たちの組を率いて対戦し、僅差で敗れた水野忠成ただ一人。

「上様、次は勝たせて頂きまする」

「な、何だ大和」

家斉は慌てて問い返した。

「風見が手強きことは承知の上にござるが、それがしも負けてはおりませぬぞ。これなる飛燕も、あやつの疾風に引けを取りませぬゆえ」

朝風に黒毛をなびかせる駿馬を傍らに、忠成は胸を張って言上する。

「大きく出たな。ならば、次はそのほうらで立ち合うがよかろう」

「宜しいのでございまするか」

「その折は余が裁いてつかわす。同門の兄弟子の貫禄、見せてやるがいい」

「ははっ。仰せのままに」

「励めよ、大和」

打毬の話と受け取られたのにすぐ気づき、家斉は笑顔で話を締めくくる。

若くして大和守の官名を持つ忠成は、元老中で駿河沼津(するがぬまづ)藩主の水野出羽守(でわのかみ)忠友(ただとも)に跡継ぎの養嗣子(ようしし)として迎えられた逸材で、四歳下の竜之介とは柳生道場で新陰流を共に学んだ仲だ。理由を明かさず道場から去った竜之介が図らずも同役となったことを喜ぶ一方、家斉が打毬と共に日課とする剣術の稽古では弟弟子の竜之介に迫る技量を発揮し、他の小姓たちが相手では物足りぬ家斉を満足させる存在だった。

五

小姓は朝四つ半、午前十一時までに出仕して、当番の組に替わって執務する。

中奥の一角に設けられた控えの間には非番明けの小姓たちが顔を揃え、交替の時間になるのを待っていた。

　当番の面々は朝一番の打毬に続き、家斉と共に剣術の稽古中だった。

「新緑の候もたけなわだな。過ごしやすうなったは幸いなれど、御城中泊まりの夜が明けて早々から馬を責めねばならぬのは辛いのう……」

　恰幅の良い体を震わせてぼやくのは、奥小姓の一人である岩井俊作。

「左様に申すなよ。馬術はおぬしの腕の見せどころであろうが？」

　からかうように告げたのは、ひょろりと背の高い高山英太。

「ふん、心にもないことを言うでない。当代一の名人と誉れも高い松前侯ほどの腕前ならばともかく、俺など上様の御足元にも及ばぬわ」

「それでいいではないか。我らは引き立て役に徹しておればいいのだ」

　腐る俊作を慰めて、安田雄平は華奢な肩をすくめて見せた。体形は三者三様ながら小姓に選ばれただけあって目鼻立ちは全員が調っており、ご大身の子弟であることも同じだった。

「時に高山、武井殿のお屋敷の様子が妙だったとは思わぬか」

「そういえば、朝から何やら騒がしゅうしていたな」

　ふと思い出したように問う雄平に、俊作が答える。

「やり手の用人が見当たらず、家中の者どもが右往左往しておったぞ」

英太もふざけるのを止めて言い添えた。

「もしや武井殿が亡くなられたのではあるまいな？」

「そうだとすれば一大事ぞ。武井殿は無役と申せど三千石、それも我ら部屋住みとは違うて家督を継いだ、歴としたご当主だ。それでいて身持ちが悪く、嫁取りをしても離縁ばかりしておったからな」

「男子どころか娘もいなければ問答無用で家名断絶……高山が言うた通りならば武井家は今頃、養子を見繕うのに大わらわであろうよ」

俊作と雄平も真面目な顔になっていた。

この三人は主馬に劣らぬ大身旗本の子弟ながら、いずれも部屋住みである。本日の当番として控えの間に集まった他の小姓も、殆どが同じ境遇だった。

父や兄が当主を務める屋敷で厄介になっている次男坊や三男坊は、その身に万が一のことがあっても家名の存続に障りがないため、主君の勘気(かんき)に触れて手討ちにされる危険を常に伴う小姓に適任とされている。

当節は将軍も大名もそこまで短気な者は滅多におらず、家斉もわがままではあるが小姓を御手討ちにしたことなど一度もない。戦国乱世ならばいざ知らず、泰平の世で人事の基準とするには時代遅れな話であるが定信は万全を期し、小姓には部屋住みを多く採用する方針を踏襲していた。

　その基準の例外である竜之介は火鉢の前に座り、湯を沸かしている最中だった。

「風見、一服頼めるか？」

「ならば、それがしも相伴しょうばんしよう」

「こちらも頼むぞ、風見」

　そこに声をかけてきたのは、噂話を打ち切った俊作たち。

「心得ました」

　竜之介は笑顔で答えると、五徳に掛けた大ぶりの急須に手を伸ばす。

　茶を煎じるのは武術と並ぶ、竜之介の特技である。伯父の意次が失脚し、没落した田沼家を支える力にもなれないことに絶望して放浪の暮らしを送っていた頃、武州ぶしゅうの枯れ野で野点のだてをしていた、名も知らぬ老人に出会って教えられたのだ。

　大きな急須では湯だけを沸かし、小ぶりの急須は茶を煎じるための専用として付属の碗と共に温める。煎茶といえば火にかけたままのところに茶葉を投じて煮出すのが一般的だった当時としては画期的なやり方であり、同役の小姓たちばかりか家斉にも気に入られ、竜之介は出仕するたびに所望される程だった。

三つの碗に湯を注ぎ、茶葉を入れた急須に注ぐ。

茶碗も急須に見合った小ぶりなもので、水茶屋で見かける湯飲みとは比べるべくもなかったが、渋みと苦みを抑えた煎じ茶はわずかな量で十分に満足できる。去る二月に竜之介が奥小姓に抜擢された当初は意次の甥であることを嫌悪し、敵意を剝き出しにした俊作らもすっかり虜(とりこ)となり、茶汲み娘をからかいながら緋毛氈(ひもうせん)が敷かれた床机(しょうぎ)に座り、がぶ飲みするのとは別物だと認識を改めた。

そんな三人を始めとする同役の面々は、竜之介が左利きとは思ってもいない。小姓より格下とされる小納戸を含めて事実を知るのは、少年の頃から竜之介を慕っていた倉田十兵衛(くらたじゅうべえ)だけである。

その十兵衛が顔を見せたのは竜之介が俊作らに茶を供し、他の小姓たちからの求めに応じている最中だった。

「お早うございます、先輩。今日もご精が出ますね」

「倉田か。おぬしも大儀そうだな」

「はは、いつものことです」

気のいい笑みを浮かべた十兵衛は、柔和な顔立ちながら六尺豊かな大男。その深い懐から顔を覗かせていたのは独特の飾り毛がまだ短い、狆(ちん)の仔(こ)犬だった。

「新顔か。前に連れておった柴犬の手癖、いや口癖はもう治ったのか」

「はい。悪いことだと覚えさせた後は早うございました。次はこの仔の見境なく物をかじる癖を鎮めなくてはなりませぬ」

　懐の狆を撫でながら答える十兵衛は、中奥で犬猫番と呼ばれている。

　十兵衛が父親から受け継いだ小納戸の御役目は各自の特技が重んじられ、髪を結うのが巧みな者は御髪番、給仕が行き届いている者は御膳番を受け持つ。十兵衛は幼い頃から動物好きで世話をするのも上手なため、大奥勤めの女たちが無聊の慰めに愛玩する犬や猫、小鳥に金魚といった小動物を預けられ、躾や治療を任されていた。

「先輩こそ御用繁多でございましょう。明日から打毬の御相手もございますし」

「上様のなされることだ。何であれ厭うてはいられまい」

「疾風の調子はいかがですか」

「おかげさまで大事ない。前にも増して食が進むようになったゆえ、長丁場でも後れを取ることはあるまいよ。流石は倉田様だと、左吉と右吉も感心しておったぞ」

「おや、あの二人に褒められましたか」

　照れ笑いをする十兵衛は、狆に代表される愛玩犬ばかりでなく大型の犬や馬、牛の世話に至るまで、本職の医者さながらの才能を発揮する。

力負けをしないだけの膂力もあるが武芸だけは幼い頃から不得手で、そぐわぬ名前は家康公に仕えて柳生家を大名にした柳生但馬守宗矩の長男で、剣名高い十兵衛三厳に憧れる父親が待望の長男に勇んでつけたものだった。

無理やり通わされた柳生道場では完全に名前負けだと兄弟子たちに嘲られ、かつての竜之介以上にいじめられたが、その頃には竜之介も腕を上げており、兄弟子ながら弱者を痛め付けるのを恥とした忠成らと共に、庇ってやったのが懐かしい。

「そういえば、緒方様にこの前お会いしましたよ」

「真吾さんに？」

ちょうど思い出していた味方の兄弟子の名を挙げられ、竜之介は驚いた。

「お若くして代官の職を継がれたゆえ、さぞお忙しいことと思うておったが……」

「私も左様に案じておりましたが、真にお元気そうでしたよ。美人の上に世話焼きの奥方様のおかげでございましょう」

「冴殿か。祝言に招かれてから、久しくお目もじしておらぬな」

「先輩のことを大層懐かしがっておられましたよ。ぜひ一度、遊びに来てくれるように伝えてほしいとのご口上でしたが、くれぐれもご無理なきよう」

「相分かった。かたじけない」

なぜか表情が暗くなった十兵衛と言葉を交わす間も、竜之介は手を休めずにいた。

「馳走になるぞ、風見」

「おお、良き香りだな」

順番を待っていた小姓たちが笑顔で茶碗に手を伸ばす。喫した後は洗ってから返しに来るので、竜之介は煎じることに徹していられる。

そろそろ交替の時間である。

「それでは先輩、失礼します」

「うむ」

十兵衛を見送って、竜之介も腰を上げる。

胸の内の不安をおくびにも出すことなく家斉と、そして定信と対峙する時に向けて覚悟を固めていた。

六

「光忠を横取りされた……となり?」

家斉は己の耳を疑った。

御休息の間の上段の、更に奥まった一角に設けた四畳半。

黒塗りの箪笥と文机、脇息の他に目立つ調度品は置かれていない。

この御用の間と呼ばれる小座敷は家斉専用の完全な私室で、警固役を兼ねて将軍に常に付き添う御刀持ちも遠慮をさせられる。

今は竜之介と、当然のごとく同席を望んだ定信の二人のみが通されていた。

「面目次第もございませぬ」

「風見、そこに直れ」

深々と頭を下げた竜之介に、定信の険しい声が飛ぶ。

平家蟹さながらの形相に朱を注ぎ、家斉に向き直った。

「上様っ、恐れながら御差料を」

「丸腰なのは余も同じぞ、越中」

家斉は既に落ち着きを取り戻していた。

「直るべきはそのほうだ。風見は既に覚悟を決めておるぞ」

「さ、されど上様」

「そのほうが狼狽えて何とするのだ。それよりも、今は光忠を取り戻す算段をつけるのが先であろうが。ん？」

「……仰せの通りにございまする」

倍近くも歳が下の家斉に子供扱いをされ、定信は恥じた様子で面を伏せた。

「されば風見、改めて話を聞こう」

「上様……」

「風見の隠居と家付き娘も曲者とやり合うたとのことだが、近間で刃まで交えたのはそのほうだけだ。何が手掛かりになるか分からぬゆえ、覚えておることを委細構わず言うてみよ」

「……かたじけのう存じ上げまする」

家斉の配慮に謝し、竜之介は重ねて頭を下げる。

それを見届け、家斉は定信に視線を向けた。

「越中、そのほうは下がりおれ」

「上様？」

「昨夜の首尾は聞いたであろう。後のことは余が直々に子細を尋ねるゆえ、改めて話をしようぞ」

「されば、拙者も御一緒に！」

「察しが悪いぞ。そのほうが目を光らせておっては風見が話し辛いのが分からぬか」

「待つ間は金井と奥向きの話でもしておるがいい。風見、ちと呼んで参れ」

「ははっ」

竜之介は二人に向かって一礼し、御用の間を後にした。

御休息の間に入り、当番の小姓たちが集まっていた下段に降りる。

「頭取様、上様が御呼びにございまする」

「風見か。もう御用は済んだのか？」

「いえ。しばし越中守様に奥向きのお話をせよとの仰せにございますれば」

「そういうことか。ご相談致さねばならぬと思うておったことも多いゆえ、この機にまとめて申し上げるとしようぞ」

合点して頷く金井頼母は還暦を過ぎて久しく、小姓たちを束ねる三人の小姓頭取の中でも最高齢。肩書だけは頭取筆頭となってはいるが先の出世は望めず、足高の他に支給される年百両の役料を老後の支えと恃み、膝の痛みを抱えながら精勤する苦労人である。実直なだけに融通も利かぬため、定信が嫌な顔をしても御下命ならばと目を離さずに、引き留めておいてくれるはずであった。

「……御意」

迎えに来た頼母に伴われて定信が退出するのを待ち、竜之介は改めて家斉に昨夜の顚末を報告した。

「そのほうの奥の手を破りおったか。ううむ、侮れぬ手練だな」

呟く家斉は竜之介が本来は左利きであり、真の利き手による奥の手を用いることを既に知っている。竜之介のかつての師で、その事実が図らずも露見した現場にも居合わせた俊則から強いて訊き出したのだ。初めて影の御用を命じた際のことだった。

「察するに、そやつはそのほうの昔馴染み。有り体に申さば柳生の同門であろう」

「それがしの兄弟弟子だった方々の中に、あの者が……？」

「左様に判ずれば、自ずと目星もつくだろう。大和と、あの犬猫番は除外してもいいだろう」

「御意。倉田は、そもそも体格が異なりまする」

「うむ、曲者は尋常なる身の丈とのことだからな」

家斉は竜之介が語った内容を、子細まで頭に入れたらしい。

「して風見、そやつに勝てるのか」

「是非に及ばず、打ち倒さねばなりませぬ」

「その通りだ。たとえ朋輩だろうと、引導を渡して貰わねばならぬ」

「元より承知にございまする」

「ならば良い」

家斉は続けて竜之介に命じた。

「そのほうが御庭番ならば、この儀の探索のみに専心させたいところだが、同役の者たちに気取(けど)らせるわけには参らぬ。大儀なれど奥小姓の勤めをしながら、非番の折に取り組んで貰うぞ」

「心得ました」

「されば行け。越中が何を言うても、まず余に申すのだぞ」

「御意」

「上様」

暫時(ざんじ)の後、定信が訪(おとな)いを入れてきた。

「苦しゅうない。入れ」

「御免」

障子を開けた定信が、膝立ちになって敷居を越える。

人払いをされているため、障子の開け閉めも自ら行うより他にないのだ。

「待たせたな。風見はどうしておった」

「控えの間にて茶を煎じておりまする」

「相も変わらず人気者だな」

仏頂面で報告する定信に、家斉は苦笑を返す。

当番として出仕した小姓たちは二人で一組となって半刻、一時間ずつ交代で休憩を取りながら執務する。竜之介はこの休憩中に家斉に呼び出されたため、一息つく間もなく相方の忠成と入れ替わらなくてはならない。それでも休憩に入った小姓たちから所望されては断りきれず、茶汲みに勤しんでいるのだろう。

「そのほう、まだ茶に毒を仕込まれると疑うておるのかな」

「その節は御見苦しい真似を致し、御無礼をつかまつり申した」

「されば、風見の茶を口にしておると？」

「は……茶坊主が使えぬ折のみ、ではございまするが」

「左様か」

苦い顔で答える様に、家斉は微笑んだ。

「して上様、風見の始末は何となされますのか」

「始末とな」

「斯様な失態を犯したからには任を解き、御家紋入りの覆面も召し上げなくてはなりますまい」

「馬鹿を申すな、越中」

家斉は苦笑交じりに言った。

「将軍が影の御用を命じるのは、その代につき一人のみのはずだ。そのほうが教えてくれたことではないか」

「仰せの通りなれど、それは風見の隠居と家付き娘が一度たりとも、御用を仕損じることがなかったがゆえにございまする」

「流石は祖父上と義父上だな。任に適した者がおらぬとは申せ、義父上が事もあろうにおなごに任せておられたと耳にした時は余も驚いたが、人を見る目は確かだったということか」

「御意」

定信は同意を示した。

多門と弓香が先々代と先代の将軍の御目に叶い、影の御用を仰せつかったのは泰平の世に稀有な、真剣勝負に通用する武術の遣い手だったことだけが理由ではない。

九代家重が多門に葵の覆面を授けたのは、小姓と共に将軍の身の回りの世話をする小納戸を代々務める家の当主だったがゆえのこと。

そして十代家治が女と承知で弓香に白羽の矢を立てたのは、小姓を含めた御側仕えの男たちの誰よりも、武術の腕が秀でていたからであった。

小姓と小納戸は将軍の側近でありながら、御政道には関わることがない。

それでいて御側近くに控える立場上、公儀の秘密を常に見聞きしている。

もちろん口外することは許されず、身内にも明かさないと約した誓紙(せいし)まで入れさせられるわけだが、そんな決まり文句をいちいちしたためるまでもなく、家族を含めて将軍から信頼されていなければ全うできぬ役職である。

家重が多門に、家治が弓香に影の御用を任せたのは、その信頼あってのことだ。

八代将軍の吉宗は紀州藩主だった当時に側近くに仕えていた、田沼意次の父である意行(おきゆき)らの家臣たちを直参旗本に取り立てると同時に、国許で探索を任せていた薬込(くすりごめ)役(やく)の面々を江戸に呼び寄せ、従来の公儀隠密に代わる御庭番を創設させた。

御庭番は出自が徳川宗家に非(あら)ざる吉宗にとっては裏切られる恐れのない存在だったが、その信頼も代が替われば自ずと薄れる。

吉宗の後を継いだ家重は長男に生まれたがゆえに長幼(ちょうよう)の序を重んじられ、後継者に選ばれはしたものの一生涯、無能と見なされ続けた将軍だ。

家重は決して愚者だったわけではない。

話す言葉が不明瞭で意思の疎通に困難を来(きた)しただけで、囲碁に天才的な才能を発揮した史実が示す通り、頭脳そのものは明晰(めいせき)であった。

この明晰な頭脳から家重が導き出した答えが、将軍の御側近くに仕えながら御政道に関わる立場に非ざる小姓と小納戸から、その身内まで候補に含めて御目に叶う者を選び出し、在りし日の吉宗にしか忠実ではなかった紀州藩士あがりの旗本たちにも御庭番にも任せられない、影の御用を命じることだったのだ。

その家重の嫡男として後を継いだ家治も、忠臣に恵まれぬ将軍の一人であった。

田沼意次という不世出の逸材を老中として御政道を主導させ、虎視眈々(こしたんたん)と次期将軍の座を狙う御三家に御三卿と渡り合ってきたものの嫡男の家基を失い、意次が第一線から退いた後を担わせるつもりだった意知まで亡き者とされ、失意の内に病で果ててしまった。

その家治の御目に叶って影の御用を仰せつかった弓香は、謎の最期を遂げた家基を救えず、御城中で襲撃された意知の非業の死も防げなかったものの、小納戸一の猛者(もさ)と知られた父に劣らぬ実力を以て、将軍家を守護するために人知れず戦ってきた。

多門も弓香も、歴代の将軍たちから役に立つ人材と見なされていた。

なればこそ葵の覆面を取り上げられることなく、いまだ現役で影の御用を拝命する立場のままなのだ。

では、竜之介はどうなのか。

その処遇を決する権利は、家斉にある。

将軍補佐といえども異を唱えるわけにはいかない。

しかし家斉が言い出したことは、定信の予想を超えていた。

「そのほう、真刀小僧を存じておるか」

「関八州を荒らし回っておる、あの大盗にございまするか？」

「伊豆に聞いたが、火付盗賊改の長谷川が探索をしておるそうだな」

「外堀を埋め、召し捕りの支度を着々と進めておるとの由にございまする」

答える定信は怪訝そうにしている上に、先程と同じく苦い面持ち。

家斉が名を挙げた長谷川平蔵のことを、竜之介に劣らず快く思っていないらしい。

「して上様、真刀小僧が何とされたのでございますか」

「いよいよとなった時に、使えると思うてな」

「如何なる御意にございまするか」

「その名を天下に知られし大盗ならば一つや二つ、罪が増えても構うまい」

解せぬ様子の定信に、家斉は笑顔で告げる。

「越中、真刀小僧が吟味の際は、そのほうも評定所に出向くがよい」

「御意。係は水野伊豆守なれど、仰せとあれば否やはございませぬ」

「されば、あらかじめ申し付くる」

「ははっ」

「もしも風見の探索が不首尾に終わりし時は、光忠を盗み出したのは真刀小僧の仕業と致せ。長谷川に召し捕られる前に武井の屋敷に忍び込み、一仕事したということにするのだ」

「上様？」

「伊豆は優秀なれど建前に縛られる向きがある。そのほうの権限で罪を着せよ」

「濡れ衣を……でございまするか」

「武井も家名は大事なはずだ。養子の届けを受理する代わりに口裏を合わさせるのは雑作(ぞうさ)もあるまい」

「さもありましょうが、何もそこまで」

「そのほう、風見ほどの手練が再び手に入るとでも思うておるのか」

「……」

定信は答えられない。家斉の言う通りだった。

竜之介に匹敵する手駒など、滅多におるまい。

腕が立つというだけならば他にもいるはずだ。

しかし、必ずしも家斉に忠実であるとは限らない。竜之介を亡き者とし、新たに影の御用を申し付けた者に裏切られては、元も子もないだろう。

それに定信にとっても、竜之介は御しやすい。

従兄弟に当たる意明が家督を継いだ田沼の本家は陸奥下村一万石の小大名とされたばかりか、いまだ国許に入ることさえ許されずにいる。

その処遇は定信次第。

当然、竜之介も分かっていることだ。

あの男は定信を裏切れない。

もちろん家斉に対しても、忠義を尽くさねばならぬのだ。

亡き伯父の意次を敬愛し、その恩に報いたいと願う限りは——。

「……仰せの通りに致しまする」

「左様か」

定信が出した答えに、家斉は満足そうに頷いた。

七

月が明けて四月となった。

風見の家中に大きな変化はない。

当主の竜之介もいつもと変わらず、出仕している。

一つだけ変わったのは竜之介が屋敷に居着かず、外出しがちになったことだ。

新入り中間の茂七は、そのことが気になるらしい。

「なぁお花、殿様は一体どうしなすったんだろうな」

「いきなり何さ、茂七っちゃん？」

「だってよぉ、あのお優しい殿様が若様に碌に構わず、奥方様のこともほったらかしにしてなさるんだぜ」

「殿方にはいろいろあるのよ。いつまでも新所帯（あらじょたい）の気分じゃいられないでしょ」

「何だそりゃ。いやらしい。まるで浮気をしてるみたいじゃねぇか」

「まぁ、いやらしい。そこまで露骨に言ってないわよ」

竜之介のことを気にしているのは、花も同じだった。

そんな噂をされているとは思いもよらず、竜之介は探索に精を出していた。

多門と弓香には家斉の意向を明かした上で、動かぬように釘を刺してある。

家来たちには何をやっているのか気取らせず、職場を同じくする小姓と小納戸にも知られぬように注意した。仲の良い忠成や十兵衛といえども、例外ではない。

幸いにも家斉の第一子となる姫君が三月二十五日に誕生し、千代田の御城中は祝賀一色となっている。

もちろん家斉は上機嫌であり、定信は姫君の誕生を言祝ぎながらも老中首座として新たな政策を打ち出すことに余念がなかった。

御刀を奪われた件については、共におくびにも出さずにいる。

催促をされないからといって、手を抜いてはいられない。

当番が明けた竜之介は今日も一人、屋敷を後にした。

探りを入れている相手は、かつて柳生家の道場で共に学んだ兄弟子たちだ。

順調に出世を重ねた者がいれば、御役に就けずに出費ばかりが嵩み、札差への借金の返済に窮々とする者もいた。いずれも竜之介を田沼の甥と憎み、十兵衛を軽んじた面々だが、久闊を叙すると装って訪問した弟弟子を邪険に扱うことはなかった。

いまだ怪しいと思われる者はいない。ついに最後の一人を調べる番だった。

神田の町を抜けた竜之介は両国橋を渡り、本所に出た。

訪ねる相手の名前は、緒方真吾。四年前に柳生家の道場で竜之介と立ち合い、追い込まれた末に左手遣いの剣を出さざるを得なくさせた強者であった。


「よく来てくれたな。会いたかったぞ田沼……いや、風見竜之介！」

「お久しぶりにございまする」

急に訪れたのに真吾が在宅していたのは、代官という役職ゆえのことである。

代官は勘定奉行配下の旗本で、幕府直轄の天領と旗本領で税の徴収を主な役目とするが赴任に伴う経費の削減のため、大半の者が江戸に留まる。任地の陣屋、いわゆる代官所では地元の農民から選ばれた手代が士分の資格を与えられ、常駐して実務を担うが、代官の目が届かぬのを幸いに公金着服などの不正も多かった。

対策として御家人から採用された手付が派遣され、手代と共に働かせることで均衡を保ってきたが、定信は管理を強化すべく代官たちに任地への赴任を命じようとしていた。奥小姓として家斉の御側近くに仕える竜之介は、元より承知のことである。

玄関脇の小座敷でしばし待たされた後、竜之介は奥の座敷に通された。

「耳に入っておるやもしれぬが、そろそろ俺も田舎暮らしをせねばならぬよ」

「田舎暮らし、にございまするか？」

「おぬしは知らずとも良いことだ。それが代官本来の御役目なれば、費えの持ち出しも覚悟せねばなるまいよ」

「殿様、及ばずながら実家の弟にも合力させますから」

ぼやく真吾の傍らで微笑むのは、奥方の冴だ。

旗本仲間で評判の美女を娶った真吾はといえば、体格と同様に顔立ちも目立つものではなかった。

外見こそ平凡だが、剣の技量は抜きん出ているから侮れない。武芸好みだった冴の亡き父親を感心させたのも、その天与の才あってのことだった。

「それにしても竜之介、おぬしが小姓になるとはのう」

「元は小納戸にございまする」

「尚のこと似合うておらぬわ。さぞ苦労も多かったであろう？」

「いえ、真吾さんのご苦労に比べれば……」

「俺は親父から受け継いだ職だ。元より文句などありはせぬよ」

「変わりませんね、貴方は……」

竜之介は明るく語らいながらも油断なく、気を巡らせていた。

真吾の一挙一動に隙はなく、奥座敷の鴨居には薙刀が架けられていて護りが堅い。

それでいて竜之介を歓待する表情はくつろいでおり、かつての弟子に対する悪意など微塵も漂わせてはいなかった。


「主殿頭の甥のくせに、相も変わらず小憎らしい奴よ」

竜之介が辞去した後、真吾は苦々しげに吐き捨てた。

「まことにございますねぇ、殿様」

すかさず応じる冴の顔も、別人のごとき悪相に一変していた。

「上様の御側近くで全てを聞いておるくせに、おくびにも出さぬとは。あの様子では昔のよしみで越中守様にお取り計らいを頼んだところで無駄でしたよ」

「俺も左様に判じて切り出さなんだのだ。思えば昔から使えぬ奴であったよ」

悪口雑言を叩きながらも、真吾はなぜか笑っていた。

「腹立たしき限りだが、あのおたからで帳消しにしてやろうぞ」

視線を向けた先の刀架に置かれていたのは主馬が家斉から拝領し、辻斬りに用いていた一振り。竜之介が訪ねてきたと知った冴が隠し、帰った後に戻したのだ。

　室内の調度品と冴の衣装も本来の、分不相応に金のかかったものに戻されていた。

「木葉刀庵が言うておった通りならば、竜之介は上様の御意のみならず越中守の意向によって動いておるはずだ。妹御の咲夜殿から何ぞ知らせはあったか」

「今のところ変わりはないとの由ですよ」

「大の田沼嫌いの越中守が御刀を奪われた竜之介を許すとは思えん。たとえ上様が御庇いなさろうとも、いずれ引導を渡すだろうよ」

「死人に口なし、でございまするね」

「その頃には俺は御役を返上し、松前様のご家中というわけだ」

「楽しみですね」

「されど油断は禁物ぞ。松前様は美女好み。そなたにもお目を付けるやもしれぬ」

「ご安心なされませ。殿様を裏切る真似は致しませぬ」

「その言葉に偽りがないか、とくと確かめるとしよう」

「まぁ、疑り深いこと」

「ははは、好き者なのはそなたも同じぞ」

　真吾は冴を抱き寄せた。いまや竜之介の知る、青年時代の快活さは微塵もない。色と欲とに侵された、浅ましい風貌に変わり果てていた。

第二章　大盗の告白

一

　武州大宮は中山道六十九次の第四宿だ。元は浦和と上尾の間の宿だったが、江戸に幕府が開かれると武蔵一宮の氷川神社に参拝をしやすい地に移転の上で整備が進み、戸数は今や三百余り。

　諸大名が参勤交代で本陣と共に利用する脇本陣は九軒と中山道で最も多く、将軍家御用の荷を運ぶ人馬が常駐する問屋場は四軒。旅籠の数は二十を超え、曹洞宗の名刹である東光寺を詣でる足場としての役割も担う。十四年前の大火で被災した痛手から復興を遂げ、不景気続きの昨今も変わらぬ活況を呈していた。

　寛政元年の四月一日は、西洋の暦では同月の二十五日に当たる。その四月も今日で八日。お釈迦様の生誕を祝う灌仏会の日は初夏を思わせる陽気だった。

「……」

武家の旅装束である打裂羽織と野袴に身を固め、昼下がりの宿場町を突き進む侍はまだ若い。仇討ちの旅をしていると見えて、鋭い眼差しが獲物を追う鷹を思わせた。

「あー、いい風だ。今日も良く晴れたねぇ」

平旅籠の窓辺に立ち、青空を仰ぎ見るのは浴衣姿の初老の男。

「はい、お天気続きで幸いにございますね」

絞った手ぬぐいを欄干に広げている、連れの若い男ものんびりした様子。旅先での商用を終えて骨休めを楽しむ、大店のあるじにお供の手代といったところか。

「独り者……苦いばかりの……甘茶かな……ううむ、字余りの上に陳腐すぎるのう」

灌仏会で賑わう寺の境内の片隅に立ち、首をひねっていたのは僧形の中年男。羊羹色に日焼けした僧衣姿だが、一寸に近くなるほど髪が伸びていた。ぼやきながらも熱心に筆を走らせる様から察するに、芭蕉に憧れて旅に出た俳諧師だろう。

宿場町で時を過ごすのは、客として訪れた者ばかりではない。

「生姜に筍、そら豆にらっきょ、夕餉のお菜にいらんかねぇー」

重そうな籠を背にして呼ばわる武骨な男は、近在から行商に出てきた農民らしい。

「姐さんにはこっちがお似合いでございますよ。ささ、鏡をどうぞ」

口開け前の食売旅籠に上がり込み、飯盛女たちに紅白粉や櫛に簪を愛想よく売り込む男は、同じ行商でも街道を稼ぎ場とする小間物売りだ。

それらしく振る舞っているものの、いずれも変装した姿である。

素性を偽って日常の風景に溶け込むのは盗賊の手口だが、この男たちは悪党を仕置する側の立場だった。

彼らの正体は火付盗賊改。略して火盗改。

徳川幕府が独自に設けた、諸大名が治める藩には存在しない役職だ。

使命は町奉行所が手に余る押し込み強盗に放火犯、博徒といった凶悪犯を迅速確実に召し捕って取り調べ、裁きの場に送り込むこと。

捜査権が及ぶ範囲は江戸市中にとどまらず、将軍家が直轄する天領であれば御府外まで出張ることも許される。

幕府の特別警察と言うべき火付盗賊改の頭を仰せつかるのは、先手組の旗本たち。

若年寄支配の先手組は役高が千五百石。定員二十七人の頭の内訳は先手弓頭と先手鉄砲頭がそれぞれ十人に持弓頭が三人、持筒頭が四人。

先手弓組と先手鉄砲組は幕府が出兵した際に先陣を切って敵と戦い、持弓組と持筒組は将軍の弓と鉄砲を管理するのが本職である。兼任の加役として火付盗賊改に任命されると指揮権は若年寄から老中に移り、役高は据え置きの千五百石だが、人件費を賄う役扶持が倍の百人扶持に増える。

加役は専用の役所が用意されないため自分の屋敷を改装し、仮牢や白洲を設けると同時に家来を五騎から十騎の与力、そして三十人から五十人の同心に編成して役扶持を与え、凶悪犯に立ち向かう体制を整える。与力は元より同心も殆どが事務方である町奉行所とは異なり、戦うために日頃から鍛錬を重ねた猛者が揃っていた。

二

深編笠を被った武士が一人、煤けた暖簾を潜った。

大宮宿の外れに店を構える煮売屋だ。

酒と肴に加えて飯と汁物、うどんに蕎麦など簡単な食事を提供する煮売屋の客席は板敷きの入れ込みで、十人ほどの先客が飲み食いをしている最中だった。

「いらっしゃい！」

愛想よく呼びかけたのは、まだ二十歳前と思しき若い衆。

ところどころが埃で斑になった木綿の着流しの裾をはしょり、甲斐甲斐しく前掛けを締めた姿で空の器を片付けている。

「おや？　煮売屋に下働きたぁ珍しいな」

武士は張りのある声を上げながら、深編笠の顎紐を解いた。

笠を脱いで露わになった頭は月代がきちんと剃られ、鬢付け油と汗の混じった香りと共に男臭さが匂い立つ。

四十も半ばと見受けられるが老いとは無縁の、精悍な雰囲気だ。

がっしりした体に纏っているのは、地味ながら趣味の良い小袖と袴。

この店に来る前に草鞋を脱いだと見えて、焼印で旅籠の屋号が捺された下駄を素足につっかけていた。

「邪魔するぜ」

武士は下駄を脱いで入れ込みに上がった。

あぐらを搔いて座った席は先客の若い侍と俳諧師、大店のあるじと手代の並び。

向かいの席では小間物売りが商売物の風呂敷包みを傍らに、とろろ飯を搔き込んでいた。板場の勝手口では行商の農民が籠から生姜と筍を取り出し、店の親爺が寄越した桶に移している最中だった。

洗い物を板場に運び終え、若い衆が武士のところに戻ってきた。

「何になさいやすかい、お武家様」

「注文も取ってくれるのかい？　えらく行き届いた店じゃねぇか」

感心した様子で呟くと、武士は壁に貼られた品書きに目を通す。

「燗酒二本に、そうさな……ざるのうどんを、生姜を利かせたつゆで手繰ろうかね」

武士は伝法に注文をした。無頼漢めいた口の利き方が板に付いている。

「ところでお前さん、渡世人だろ」

「へい、恥ずかしながら無職渡世の身の上でございやす」

さりげなく武士から問われた若い衆は、苦笑交じりに答えた。

「そのお兄いさんが煮売屋の下働きたぁ、食い逃げの穴埋めでもさせられてんのか」

「お察しの通りでさ。宿場役人にゃ突き出さねぇから、日頃の悪さの穴埋めに功徳をしていきなって、とっつあんの恩情でございやす」

「それで世話になってんのか。なら、しっかり善行を積むがよかろうぜ」

「かたじけのう存じやす」

励ます武士に礼を述べる若い衆は、月代を剃っていない。

長脇差を腰にしていなくても、旅暮らしの渡世人と分かる風体である。

煮売屋には使用人を置かない店が多く、酒も料理も値段が安い代わりに注文した客が自ら取りに行き、一品ごとに代金を払う。この店も板場で調理をしている不愛想な親爺が、日頃は一人で切り盛りしているのだろう。

「お待たせしやした」

若い衆が燗徳利を運んできた。

すぐに板場へ取って返し、うどんをゆでる親爺の横で生姜をおろしにかかる。

支度が調う頃には、火盗改の与力と同心たち以外の先客はいなくなっていた。

「ようやくお話ができまするな、お頭」

俳諧師を装った同心が、武士に向かって語りかけた。ちょうど徳利が二本とも空になったところだった。

「おう、手繰りながらですまねぇな」

お頭と呼ばれた武士は運ばれたうどんに箸を伸ばしつつ、同心に微笑み返す。

「長らくご苦労だった。だいぶ髪が伸びたな」

「はい。初めこそ落ち着きませんでしたが、慣れれば過ごしやすうござる」

「ははは、ならば江戸に戻ったらいま一度、丸坊主にするがいいさね」

「それは宜しいですな。その時はそれがしが剃ってやるとしましょう」

丸顔をほころばせたのは、大店のあるじになりすました与力。

お付きの手代、そして侍と行商人に変装した同心も釣られて微笑む。

お頭と呼ばれる武士は食欲も旺盛だった。

「若いの、ちょいとゆで汁を貰えるかい」

「うどんのゆで汁のこってすかい？」

「残ったつゆに蕎麦湯みてぇにこう注いでな。キュッとやるのが箸洗いにお誂(あつら)え向きなのさね」

「それは良さげでございやすね。わた……あっしも今度試してみやしょう」

「はは、ガキにゃまだ早かろうよ。急(せ)き前で頼むぜ」

「へいへい、ちょいとお待ちを」

うどんを平らげた武士は、ゆで汁で薄めたつゆを旨そうに飲み乾す。

空になったざると猪口(ちょこ)を下げた若い衆は、店の暖簾(のれん)を取り込みにかかった。

密談を交わすための用心である。

探索に手を貸してくれている、店の親爺から同意を得た上のことだ。

勝手口の板戸は既に、農民姿の同心が戸締まりを済ませていた。

若い衆が武士の許に戻ってきた。

「父上、怪しい者が潜んでいる様子はありませぬ」

「そうかい。ご苦労だったな、辰蔵」

「何ほどのこともありませぬ。捕物の助太刀も、ぜひお申し付けくだされ」

「それはおぬしにはまだ早い。手伝うてくれる気があるのなら裏の番を頼もうか」

「心得ました。お任せを」

辰蔵と呼ばれた青年は農民姿の同心と交代し、勝手口の見張りに立った。

「いよいよでございますな、お頭」

与力が再び口を開いた。

「手筈は全て調うておりまする。神出鬼没の徳次郎も袋の鼠にございます」

丸顔が引き締まっている。気の良さそうな大店のあるじから一変し、頭にして主君である武士を補佐する立場に戻っていた。

「それは重畳。詳しく話を聞かせて貰おうか」

「ははっ、されば申し上げまする」

与力は一礼し、武士の前に席を移した。

同心たちも腰を上げ、与力の後ろに膝を揃える。

「真刀小僧め、ついに年貢の納め時だな……」

感慨深げに呟く武士の名は長谷川平蔵宣以。

先手弓頭と兼任で火盗改を仰せつかり、今年で二年目。先手組の頭たちで一、二を争う剣の手練にして、人あしらいの良さも格別と評判であった。

三

平蔵は夜が更けるのを待ち、配下たちを引き連れて捕物の現場へ向かった。

煮売屋に集まった六人が持ち場を離れている間、交替で見張りに就いた同心たちも全員が合流済み。真刀小僧一味の隠れ家を監視していた手先の面々も、突入の援護をするために集合した。

本日到着した平蔵を含め、江戸から大宮宿に潜入した総勢は二十人。

志願して先発の一行に加わり、探索を手伝っていた平蔵の長男の辰蔵こと宣義だけは同行を許されず、寄宿する煮売屋で待機をさせられている。

夜道を駆ける与力と同心たちの装いは、江戸から届いた捕物装束。受取人を協力者の一人である宿場町の商人に指定し、十手などの捕具と共に発送させたのだ。

火盗改が用いる十手は棒身が鉄製で角張っており、太く長く頑丈な造り。

握りの部分は長さを合わせた木片を両側にあてがい、平打ちの組紐を巻いた上に漆をかけてある。刀剣の柄に近い構造になっているため遠心力を利かせやすく、刀や長脇差を振るって刃向かう賊を制圧するのに不足のない打物だ。

手強い相手を制する備えは、実戦仕様の十手だけではない。

同心たちは頭に鉢金を巻き、捕物装束の下に鎖帷子を着込んでいる。

一本差しにした刀は、全て本身だ。

町奉行所の捕物出役では同心は刃引きを用い、生け捕りにしかねる賊を現場で斬ることを許されるのは与力のみだが、火盗改は全員が斬り捨て御免。陣笠を被った平蔵とその脇に控える与力も、自前の大小を帯びている。

目指す寺が見えてきた。

平蔵と配下たちは門を潜り、境内を忍び足で横切っていく。

真刀小僧の隠れ家は、この寺の閻魔堂。

匿うことを強いられた住職は事前に保護し、気づかれぬように避難済みである。

後は一気に突入し、御用にするのみだ。

平蔵が火盗改となる以前から関八州を荒らし回っていた真刀小僧は、総数八百もの子分を配下とした大親分。

手口は強引にして貪欲で、数百もの町や村を襲って寺社にまで押し込み、騒ぐ者は容赦なく斬り殺し、見せしめにする。

その上で悠々と家探しをして金目の物は何一つ残さず、現金は元より着物から仏像に至るまで奪い去る。

それほどの凶行を繰り返したにもかかわらず、何年にも亘って御用にされずにいたのは一味を束ねる真刀小僧が大胆不適なだけではなく、頭も切れたからである。

幕府の役人の一行を装って警戒の網を潜り抜けるぐらいは朝飯前で、本物そっくりの装束ばかりか御用提灯まで所持しており、盗んだ金品を問屋場に持ち込むと、どこで手に入れるのか、幕府の道中御用の荷札である葵の御家紋入りの会符を添えることで信用させ、安全な地まで運ばせる離れ業をもやってのける。

押し込む手口は大胆で、逃走と後の始末は巧妙そのもの。

火盗改を仰せつかった当初の平蔵が真刀小僧とその一味に幾度も出し抜かれ、被害の拡大を防げずにいたのも、無理はあるまい。

先手弓頭は鉄砲頭と共に合戦で先陣を切り、敵の陣形を突き崩すのが本職だ。

配下の与力と同心は弓鉄砲による戦いが専門であり、合戦で敵の首級を挙げる技を原型とした捕物術を覚えるのは早くても、探索の術は習得するのに時がかかる。

関八州を股に掛け、他の盗賊が及びもつかぬ悪知恵を発揮する真刀小僧は、初めて火盗改に任じられた平蔵と先手弓組が相手取るには手強すぎた。

それでも平蔵は諦めず、江戸市中で横行する盗みに放火、賭博の取り締まりに精勤しながら関八州の各地に捜査の網を張り、足取りを追い続けた。

配下の面々の変装が巧みなのは、この長きに亘る探索行を通じて鍛えられた成果と言えよう。平蔵の期待に応えるべく、彼らも諦めはしなかったのである。

地道な努力に、天は応えた。

隙がないと思われた真刀小僧一味に、綻(ほころ)びが生じ始めたのだ。

八百人の子分は常に行動を共にしているわけではない。悪の道に入ったものの盗みと殺しの罪悪感に耐えられず、分け前を受け取って身を潜めた先で酒と女に有り金を残らず遣い果たし、また大金を求める悪循環に陥る者も多かった。

そんな実態を知った平蔵は盗賊あがりの手先を接触させ、親身な態(てい)を装わせて内情を詳しく聞き出す一方、話にならない者は同心に捕縛させて身柄を拘束し、拷問も辞さずに口を割らせて、真刀小僧を召し捕る手がかりを根気強く集めた。そんな積年の努力が実り、ついに隠れ家に辿り着いたのである。

与力は平蔵に無言で頷くと、側(そば)を離れた。

同心たちは与力の指揮の下、閻魔堂を取り囲む。

中に潜んだ一味の頭数は、真刀小僧を含めて九人。

百分の一に成り果てたとはいえ、油断は禁物だった。

四

蠟燭が灯された閻魔堂の中は先程から、険悪な空気が漂っていた。

「いい加減に教えてくだせぇよ、おかしら。あっしらの知らないとこに、まとまった金を隠していなさるんでござんしょう？」

「独り占めはいけやせんぜ。山分けにしてくれとまでは申しやせんから、おいらたちの取り分をお寄越しなせぇ」

「お願えしやすよ、おかしらぁ」

強面の男たちが膝詰めになって訴える声は、いずれも語気が強い。

気の弱い者ならば早々に屈してもおかしくない、脅しめいた口調だった。

上座の男は動じずに。迫る三人を無言で見返していた。

鼻筋の通った細面。旅暮らしながら色の白い、整った顔立ち。

まだ三十前でありながら、恐ろしく肝が据わっていた。

真刀小僧。本名は徳次郎。当年二十八歳になる、上州は国定村生まれの無宿人だ。

「お前たち、最後の仕事の分け前は渡した筈だぜ」

三人に向かって告げる徳次郎の声は低く、落ち着いた響き。無宿人あがりの若者が八百人もの子分を抱えるに至ったのは、この声の威厳に負う部分も大きい。

だが、その威厳もいまや無に帰した。

「とぼけねぇでおくんなさい。そいつぁ盗んだ金のことでしょうが？」

「そんなもんはとっくに遣っちまいやしたよ。お尋ねしてるのは盗みの合間にせっせと掻き集めた、鉄砲のお代のことでさ」

「儲けはたんまり出たはずですぜ。ケチケチしねぇでお出しなせぇよ」

三人の子分は聞く耳を持たず、徳次郎に食い下がった。

親分を支える側近にあるまじき、浅ましさが丸出しの態度を恥じることなく、目を血走らせて詰め寄っている。

残る五人の下っ端は、口を挟まずに見守るばかり。自ら徳次郎に訴えかける度胸はなくても、金が欲しいのは同じなのだ。

「これじゃ話にならねぇな」

三人組の一人が、ぞんざいな口調で吐き捨てた。

血が上っていたのが醒めたのか、徳次郎に向ける視線は冷たい。

「俺の我慢もここまでだ。十五も下のガキにへいこらするのも今宵限りとしようじゃねぇか」

口先だけの敬意さえ勿体ないとばかりに、徳次郎を睨め付けたのは多吉。

風神と自称する、小柄ながら猪首の逞しい男であった。

「おいらもそうさせて貰いやすぜ、おかしら……いや、徳次郎さん」

続いて鋭い視線を向けた色男は伝八。

身の丈こそ並だが四肢の筋肉には張りがあり、細身のようでいて鍛え込まれているのが分かる。武士が隠し技とする手裏剣術にも劣らぬ出刃打ちの名手にして俊足でもあり、一味では雷神と恐れられていた。

「こうなりゃ腕ずくで在りかを訊き出すまでよ。覚悟しろい、若造」

二人に続いて吠えた大男は卯之助という。

天神の異名を持ち、押し込み強盗に入った先で抗う者は刃物を用いることなく殴り殺すのを常としている。

千両箱を重ねて担ぐ膂力の強さは兄貴分の多吉をも上回り、走る速さは身軽な伝八にも劣らない、一味に欠かせぬ存在だった。

「そうだそうだ、兄いたちの言う通りだ！」

幹部の三人の裏切りに、下っ端の子分たちも勢いづいた。

「悪いことは申しやせん。とっとと分け前を出してくだせぇよ、おかしら」

「あんだけいた仲間も殆ど残っちゃいねぇし、ここらが潮時（しおどき）ってもんですぜ」

「火盗の長谷川ってのは今までの奴とは違いまさ。逃げるが肝心でござんすよ」

「鉄砲集めにゃ俺たちも骨を折ったんだ。ただ働きたぁ殺生じゃありやせんか！」

それでも徳次郎は動じない。

傍らに置いた長脇差に手を伸ばす素振りも見せず、黙って目を閉じていた。

「どうした？　怯えて声も出なくなっちまったのか」

「……………」

「三人がかりが卑怯ってんなら、俺がさしで勝負をしてやるぜ。表に出ろい」

多吉が嘲りを交えて挑発しても、腰を上げようとはしなかった。

「おい、聞こえてんのか」

「待てよ、風神」

胸倉を摑んだ多吉を見返し、徳次郎は告げる。変わらず落ち着いた声だった。

「お前、まだ気づいちゃいねぇのか」

「何だと？」

「俺たちゃ周りを囲まれてるぞ」

「えっ……」

「さっきから殺気がびんびん押し寄せてきてやがる。裏も塞がれてるぜ」

「明かりを消せ！」

伝八が鋭く言い放った。

さっと卯之助が手を伸ばし、蠟燭（ろうそく）の火を揉み消した。

板戸が蹴破られたのは、その直後。

間を置かず、眩い光が閻魔堂の中を照らす。

平蔵らに同行してきた手先の面々が、一斉に提灯を向けたのだ。

五

「火付盗賊改、長谷川平蔵である。真刀小僧こと徳次郎、神妙に縛（ばく）につけい」

戸口を塞いで仁王立ちした平蔵の宣言に、盗賊どもは絶句した。

初めて耳にした声は、地の底から湧き上がるかのような響きであった。

「かかれ」

与力が発した号令の下、同心たちは閻魔堂に突入した。

真っ先に蹴散らされたのは、表の戸口に近い場所にいた五人の下っ端。懐の匕首(あいくち)を抜く間も与えられず、十手を叩きつけられ昏倒(こんとう)する。

「うっ」

縄を打とうとした瞬間、同心の一人がのけぞった。

左の胸に打ち込まれたのは、伝八が放った出刃。

鎖帷子を着込んでいなければ、刃先が心の臓まで達したであろう一撃だった。

「ちっ」

伝八は舌打ちしながらも動きを止めず、続けざまに出刃を打つ。

胴の代わりに狙ったのは、同心たちの脛(すね)。

いくさ場に出陣する際は甲冑(かっちゅう)に付属の脛当てで防御を固める部分だが、捕物装束の備えは脚絆(きゃはん)のみ。手練の飛剣に対しては守りの用をなさなかった。

「くっ」

「ぐわ」

鍛えられた同心たちも堪らずに、苦悶の声を上げて崩れ落ちる。

閻魔堂の奥まで踏み込もうとするのを阻止した伝八の出刃は、棒手裏剣よりも身幅が広い諸刃の造り。武士が脇差の櫃に収めて持ち歩く小柄とは違って柄を嵌め込んでいないのは、余計な重みで狙いが逸れるのを防ぐためだ。

「お任せを！」

業を煮やした与力が、平蔵を押しとどめて斬り込んだ。

転倒したまま動けぬ同心たちを跳び越えて、襲い来る飛剣を刀で弾く。

行く手を阻んだのは卯之助だった。

腕に覚えの斬撃を易々と阻んだのは、左腕に装着された籠手。

甲冑に付属する籠手で敵の刃を受け止め、体勢を崩した隙を衝いて返り討ちにするのは古の合戦で鎧武者が斬り合いになった際に用いた、攻防一致の戦法だ。

刃物の代わりに卯之助が繰り出したのは、節くれ立った鉄拳。

文字通りに鉄のごとく鍛え抜かれた拳骨が、与力の丸顔を柘榴に変えた。

「次はどいつだ？」

鮮血に濡れた拳をぺろりと舐め、卯之助がうそぶいた。

「おのれ」

「斬るっ」

二人の同心が怒号と共に抜刀した。

斬りかかった瞬間、まとめて閻魔堂の外まで吹っ飛ばされる。

多吉が卯之助の脇を駆け抜けざま、両の腕を叩きつけたのだ。

「何すんだい、風神の兄貴」

「お前が遊んでいやがるからだよ。こんな雑魚ども、とっとと片付けろい」

生け贄を横取りされて鼻白む卯之助を、多吉は兄貴分らしく叱りつけた。

「兄いの言う通りだぜ、天神。ぐずぐずしてねぇでずらかるんだ」

伝八も落ち着いた口調で言い添える。

出刃を食らった同心たちはしばらく動けそうになかったが、加勢が駆け付ける可能性もある以上、ここは退散すべきであろう。

「おいおい、おたからの在りかを若造から訊き出さなくっていいのかい」

「分からねぇ野郎だな。その若造さんが一番手強いのを足止めしてくれてんだよ」

諦めの悪い卯之助に、伝八は顎をしゃくった。

徳次郎が閻魔堂の表に立ち、平蔵と向き合っている。

共に鞘を払った得物を構えたままで、微動だにせずにいた。

「あの長谷川ってのは雑魚じゃねぇ。本気を出した若造さん……おかしらでも勝てるかどうかは五分五分だ」

「そういうこったぜ、天神。お前が調子に乗って挑んでたら、自慢の左腕を籠手ごと落とされちまっていただろうよ」

伝八と多吉の呟きに、卯之助は無言で頷く。

残る同心は卯之助が暴れている間に、多吉に叩き伏せられていた。

伝八の出刃にやられた面々はいまだ立ち上がれず、与力はぴくりともしない。

「命あっての物種（ものだね）だ。早くしろい」

多吉の一言を合図に、男たちは駆け出した。

破られたままになっていた板戸を飛び越え、寺の裏門を目指して走る。

黒い影が三つ、見る間に闇の中へと消え去った。

「へっ、ようやく尻を捲（まく）ってくれたか」

遠ざかる三人の姿を目の隅に捉え、徳次郎は薄く笑った。

「おぬし、わざと囮（おとり）になったたな」

切っ先を徳次郎の喉元に向けたまま、平蔵は問いかける。

「仕方あるめぇ。あれでも親分子分の契りを交わした奴らなんだよ」

「救うためならば、代わりに果てても構わぬ程か?」

「親ってのはそういうもんだろ。ま、俺の親父は違ったけどな」

醒めた笑いを浮かべながらも、徳次郎に隙はない。

「長谷川さん、あんたは強いな。向き合ってるだけでこう、噂に聞いたエレキテルでやられたみてぇにビリビリするぜ」

「おぬしの神道流も、伊達ではないようだな」

対する平蔵にも油断はなかった。

徳次郎が習得した剣術は、正式な流派の名前を天真正伝香取神道流という。

下総の香取神宮の神官たちによって伝承されたのは剣術だけにとどまらず、薙刀術に槍術、棒術など多岐に亘り、その演武は攻守共に手数が異様に多い。これは崩しと呼ばれる偽装で、わざと余計に打ち合うことによって技本来の形を隠し、いざ実戦となった時は無闇に刃を交えることなく、速攻で相手を倒す。

「言うておくが、俺に崩しは通じぬぞ」

「そうかい」

指摘されても慌てずに、徳次郎はうそぶいた。

「だったらどうした。こっちはわざと動かずにいるんだぜ」

しかし、平蔵は一枚上手。

「偽りを申すなよ真刀小僧。動けぬ、の間違いであろう？」

「どういうこった、長谷川さん？」

「先程から後ろの足が居着いておる。俺との勝負を急いで敗れるよりも、確実に子分どもを逃がす時を稼ぐために、な」

「へっ、ぜんぶお見通しだったのかい」

平蔵に狙いを看破され、徳次郎は苦笑した。

苦笑いが絶えた瞬間、二人の間合いは一気に詰まった。

長脇差が唸りを上げる。

受けた刀身が闇を裂く。

「やっぱり強いなぁ、長谷川さん……」

呟きながら徳次郎が崩れ落ちていく。

徳次郎の長脇差を受け流しざま、平蔵が浴びせた袈裟がけの一刀は峰打ち。左肩口に届く寸前に刃を返して、気を失わせるにとどめていた。

「お頭、ご無事ですかい！」

「お頭ーっ」

闇の向こうから手先たちの声が聞こえる。

もはや幾人も残っていない。逃亡を図った三人組を果敢に追い、返り討ちにされてしまったのだ。

平蔵が差口奉公（さしぐちぼうこう）を認めたのは同じ盗賊でも無闇に命を奪うことを避け、それぞれの事情ゆえに悪の道に入っても、人間らしい心を失わずにいた者ばかり。配下の与力と同心たちをも一蹴した、凶悪な連中に太刀打ちできるはずがない。

にもかかわらず立ち向かわせてしまったのは、こちらの落ち度。江戸を離れた地で十分な数の手勢を揃えられなかったことなど、言い訳になるまい。

平蔵は無言で鞘を引き、刀を納めた。

「も……申し訳ありませぬ……！」

「わ……我らが後れを取ったせいでっ……」

閻魔堂から聞こえてくるのは、同心たちの男泣き。

無言で歩み寄った平蔵は膝をつき、与力の亡骸（なきがら）に手を合わせる。

真刀小僧の身柄こそ押さえたものの、払った犠牲は大きすぎた。

六

四月も末の江戸は朝から快晴だった。

下城した竜之介は装いを改め、そっと屋敷を抜け出した。

「……」

童顔に浮かぶ表情は暗い。

いつ果てるともなく続く、御城勤めと探索を繰り返すばかりの毎日だった。

肉体よりも精神的な疲労が大きく、屋敷に戻れば水を浴び、夕餉を口に運ぶだけで精一杯。酒に逃げることを耐えたのが幸いしたのか毎日の眠りは深いが、目覚める時はいつも出仕する刻限の間際。弓香のために朝の一服を煎じる余裕もなく、虎和をあやすのもままならないのが辛かった。

中奥での執務中は、常に気を張っていた。

我が身が意のままにならない時はしくじりに加えて、左利きの癖が出てしまうことも防がねばならない。

失敗こそなかったものの打毬と剣術の稽古は後れを取るのが常で、愛馬と共に張り合おうと意気込んでいた忠成に最初は呆れられ、今は心配されていた。

頼母と俊作らも常ならぬ不調に驚いたのか、何かと気を遣ってくる。

こういう時に理由が明かせないのは、心苦しいことだった。

煎じる茶の味も近頃は渋みが勝(まさ)りがち、それでも皆が変わらず所望してくれるのがあり難く、重圧でもあった。

家斉と定信は相変わらず、何も言ってこなかった。

罰さなくてはならないほどの失敗に至っていないこともあるが、既に竜之介は御刀を奪われるという過ちを犯している。

挽回の手がかりを求めて奔走する間も、家斉の第一子となる淑姫(ひで)が無事に生まれたことで御城中の雰囲気は御祝い一色。

誕生を祝う譜代大名の総登城では、儀式用に将軍の席として設置される御帳台(みちょうだい)に他の小姓たちと共に侍(はべ)り、家斉は元より居並ぶお歴々の前で粗相をしてはなるまいと気を張る余り、神経を大いに磨り減らした。

こうして気苦労を重ねても、竜之介は探索を投げ出そうとはせずにいる。

このまま御刀が戻らねば切腹。風見の家名も無事では済むまい。寄る辺(べ)を失った身を救って貰った恩を仇で返すわけにはいかなかった。

「参るか」

竜之介は気を取り直し、明るい西日の下を歩いていく。

出向いた先は菊川町。本所を横切る竪川の三つ目の橋と連なる通りの先で、同じ本所でも河口の手前に架かる一つ目の橋に近い、真吾の屋敷からは離れていた。

竜之介は真吾を最後に兄弟子を対象とする探索を打ち切り、かつての弟弟子を訪問して回っている。

十兵衛もその一人だが、他にも伊織の長男で忠と親しい信一郎など、竜之介が柳生道場に籍を置いていた当時、後から入門してきた弟弟子は数多い。当時は子供だったのが成長し、曲者と似た体格になっている者も多かった。

こちらに会った記憶がなくても相手には覚えがあり、気づかぬ内に左利きだと見抜かれた可能性が皆無とは言いきれまい。十兵衛と信一郎のことは元より疑っていない竜之介だが、他の者たちまで見逃すわけにはいかなかった。

それにしても、連日の暑さは耐えがたい。

頑健な竜之介も、屋敷に戻るまで飲まず食わずでは身が持たぬ程だった。

行く手に小さな水茶屋が見えてきた。

竜之介は歩きながら懐を探り、巾着を忘れずに持ってきたのを確かめる。

旗本は自ら財布を持ち歩かず、出先での支払いはお供の用人に全て任せるのが常識とされているが、お忍びの、それも目的を余人に明かせぬ外出は何事も一人でこなさなくてはならない。

巾着の中は、いつも茶代の六文のみ。

そこらの井戸を借りればお代は要らず、程よく冷えてもいるだろうが、生水のがぶ飲みは腹を壊す元である。汗を掻く時期こそ熱い茶を飲むのが体に良いと、竜之介は煎じ茶の手ほどきをしてくれた老人から教えられていた。

探りを入れた先で長居をすれば茶菓を振る舞ってくれるだろうが、それを期待するのは浅ましいことである。

「茶を頼む」

竜之介は注文をすると床机の端に腰を下ろした。床机に緋毛氈は敷かれていないが磨き込まれており、軋みもなくて座り心地がいい。

水茶屋には構えを華やかにした上で見目良き茶汲み女を雇い、鼻の下を伸ばした男たちに長居をさせて儲ける店も多かったが、竜之介は日頃から近づかない。

この店に目を留めたのは腰の曲がった老婆が一人で営んでおり、客も界隈のご隠居らしい老爺たちばかりと見受けたからだ。

「いいお日和でございますね、お武家様」

健啖に団子を齧っていた老爺の一人が、竜之介に笑いかけてきた。

竜之介は無言で会釈を返し、老婆が運んだ茶を啜る。渋いばかりかと思いきや存外に香りの良い、手間をかけた一服だ。

「ずいぶん子供じみた顔をしてなさるが、姿勢がいいお人だねぇ」

「あの腰の据わりは竹光じゃないな。本身をしっかり帯びてなさる」

「今日びは碌なお侍がいないからね。ああいう人ほど、強いもんだよ」

老爺と連れの面々は、ひそひそと語り合う。

武術の修行で鍛えられた竜之介は耳も聡い。声を潜めていても丸聞こえだ。

「お寅ちゃん、あんたもそう思うだろ」

「当たり前のことを言うんじゃないよ、文の字。ここらのろくでなしと比べるなんざ失礼にも程があるってもんだよ」

寅と呼ばれた老婆は手を休めずに団子の老爺をやり込めた。

本所には伊豆と韮山の代官職を世襲する江川家などが屋敷を構える一方、蔵米取りの小旗本や御家人も数多い。殆どの者は無役であり、御家人には幾ら内職に励んでも糊口を凌げず、秘かに春を売る妻女も少なくないという。この老人たちのような界隈の町人のほうが、よほど生活は安定していることだろう。

御家人は旗本より格下ながら、将軍家の御直参。

定信が推し進める幕政の改革も、その暮らしを守るには至っていないのだ。

竜之介はぬるくなった茶碗を一息に乾す。

寅がお代わりを注ぎに来た。

「もう十分だ。恥ずかしながら、これしか持ち合わせがないのでな」

「ご心配はいりません。うちは三服(さんぷく)まではお代の内ですんで……さ、どうぞ」

「かたじけない。頂戴致す」

「お礼を言っていただくにゃ及びませんよ。これでも若い頃にゃ左褄(ひだりづま)を取っておりましてねぇ、男どもから散々せしめた罪滅ぼしみたいなもんですよ」

「されば、この茶はお座敷仕込みか。流石は旦那衆も感心しそうな味わいだ」

「ほほほ、年を食ってお茶っ挽(ぴ)きになってから覚えただけですよ。うちの客はご覧の通りの年寄りばかりなもんで、飲ませた端から小便の元になっちまうんですけどね」

竜之介が床机に置いた六文銭を収め、寅は片目を瞑(つむ)ってみせる。

老爺たちは別の話に花を咲かせていた。

「聞いたかい、長谷川平蔵様の大手柄!」

「もちろんだよ。あの真刀小僧をお召し捕りなさるたぁ、大したお人だ」

「松平左金吾（まつだいらさきんご）だっけ？　ご老中の七光りで威張ってやがった奴とは大違いだよ」

「当たり前だろ。それこそ比べるのも失礼ってもんだ」

嬉々として語り合うのを横目に、竜之介は二服目の茶を啜る。

「長谷川平蔵宣以殿……か」

青空を見上げて呟く竜之介は、その男を知っていた。

恩人と言うべきだろう。

甥の忠を拐かし、酷い目に遭わせた連中を竜之介が叩きのめしていたところに平蔵は捕物御用で来合わせ、それ以上の手出しを止めてくれたのだ。

あれは竜之介が影の御用に関わる前の、完全な私事（わたくしごと）。

相手が悪党だったとはいえ、将軍付きの奥小姓が町人に暴力を振るったのが目付（めつけ）に知れれば、厄介なことになっていただろう。それを平蔵は不問に付し、叩きのめしたのは召し捕りに出向いた自分だったと偽って、竜之介の名を出さなかったのだ。

長谷川家の屋敷がすぐ近くにあることは、世話になったすぐ後に武鑑（ぶかん）で確認済み。

いずれにせよ、改めて礼を言いに訪ねるつもりであった。

捕物で大手柄を立てたと耳にして、素通りをするわけにはいくまい――。

七

長谷川家は菊川町近くの武家地に、千二百坪を超える屋敷を構えていた。

水茶屋を去る前に常連客の文吉にどこへ行くのかと詮索され、面識がある長谷川様にご挨拶をするのだと明かしたところ、平蔵の若い頃の武勇伝に加えて、父親の代に築地から移ってきたことまで教えられた。

広々としている上に周りには緑が多く、長閑でさえある。

騒がしい町人地と隣接する神田暮らしの竜之介から見れば羨ましい環境だが、この屋敷は火盗改の屯所を兼ねているという。凶悪な盗賊どもを相手取ることを御役目とする立場上、平蔵とその家中の日常は、決して長閑なばかりではあるまい。

門番に名乗って来意を告げると、竜之介は早々に屋敷の奥まで通された。

日頃から来客はすぐに取り次ぎ、案内せよと命じられているという。もちろん相手の素性次第で警戒はするに違いないが、らしいことだと竜之介には思えた。

平蔵は奥の私室で独り、黙然と紫煙をくゆらせていた。

「よぉ、久しぶりだな」

笑顔になって煙管の灰を落とすと、煙草盆に置く。

装いは着流しで、来客を迎えながら袴も穿かない。相手によっては不快に思われる対応だが、これも平蔵らしい振る舞いなのであろう。

しかし、どこか雰囲気が暗い。

案内をしてすぐ退出した、若い同心も同様だった。

妙なことだと思いながらも、竜之介は敷居際で膝を揃える。

「こちらこそ、その節は一方ならぬお世話になり申しました」

深々と頭を下げ、慇懃に礼を述べた。

長谷川家は今や千五百石を拝領するご大身。相手が恩人であることを抜きにしても五百石、それも婿に過ぎない竜之介が礼を尽くすのは当然のことだった。

「おいおい、頭を上げてくんな。大したこともしちゃいねぇのに堅っ苦しくされたんじゃ、こっちの肩が凝っちまうよ」

「痛み入りまする、長谷川様」

「まぁ、いいから入んな」

「ご免」

遠慮しながらも頭は上げて、敷居を越える。

「やっぱり出来るな」

下座に膝を揃える動きを見届け、平蔵は感心した様子で言った。

「初めて会った時から分かっちゃいたが、お前さんは相当な遣い手だな」

「左様なことはありませぬ。それがしは、ただ」

「いずれ伯父上のお役に立つためにって、小せえ時から鍛えに鍛えてきたんだろ」

「何故に、それを?」

「お前さんの伯父上、主殿頭様からご直々に承ったのよ。俺が西の丸勤めをしていた頃に良くしてくださってな、酒が入るとお前さんのことを自慢の甥だ、どこまで強うなるか楽しみだと、いつも褒めていなすったよ」

「左様にございましたのか……」

初めて耳にした話に、竜之介は戸惑いながらも感無量。

「長谷川様は伯父上と、それほどご昵懇にしておられたのですか」

「おかげさんでな。俺みてぇなろくでなしの、どこを気に入りなすったのかねぇ」

自嘲交じりに呟く平蔵の旗本仲間での評判は、決して芳しいものではない。

「まぁ、お前さんもいろいろ耳にしているこったろうがな……」

黙って見返す竜之介に、平蔵は問わず語りで半生を明かした。

長谷川家に長男として生まれながら嫡男の扱いを受けられず、前の将軍の家治に御目見し、家督相続の権利を認められたのは二十三歳。

嫁を取り、第一子の辰蔵を授かったのは二十六歳。

家督を継いだのは父の宣雄が亡くなった、二十八歳の時のことだった。

父親が隠居をせず、西町奉行として赴任した京の都で亡くなるまで現役だったのは平蔵に長谷川家を継がせるのを親族が危ぶみ、反対したがゆえのこと。幼名のまま銕三郎と名乗っていた頃から学問に親しまず、剣術の稽古に費やす以外の時間は盛り場をほっつき歩き、酒と女と喧嘩に明け暮れて屋敷に寄り付かず、無頼の連中から本所の銕と恐れられた程の暴れ者だったからだ。

親族の危惧が的中したのか、家督を継ぐも小普請組に編入された平蔵は持て余した暇を遊興に費やし、堅実な父の遺産を派手に散じて十八大通の札差らと張り合う日々を送っていたが二十九歳で書院番士に任じられ、家治の世子として江戸城の西の丸で暮らす家基の警固役を仰せつかった。

意次との縁が生じたのは、それからのことである。

「なぁお前さん、主殿頭様はほんとに悪い奴だったと思うかね？」

「世の人々が罵倒して止まぬ程ではないにせよ、感心されざる面があったのは事実にございましょう。されど日の本の行く末を案じ、御政道に力を尽くされたこともまた事実。善きことと悪しきことのいずれを多くなしたかで判じて構わぬならば、伯父上は贔屓目抜きに善人であったと存じまする」

「全く、お前さんの言う通りさね」

日頃から思うところを竜之介が述べると、平蔵は意を得たように微笑んだ。

「世間じゃ主殿頭様を守銭奴だの、大山師だのって好き勝手に言ってやがるが、実のとこはそうじゃねぇ。俺は西の丸で御書院番の次は御進物番の見習い、有り体に言や主殿頭様にあやかって御役に就きたいお大名に旗本、御公儀の御用達になりてぇ商人が持ち込んでくる金品の取り次ぎ役をしてたんだが、先の見込みがねぇ奴にゃぜんぶ突っ返すように言われてたよ。主殿頭様が相手にしなすったのは引き立てりゃ御公儀の役に立つって認めた者だけ。他ならぬ松平越中守様もそのお一人だったのは、お前さんも知ってるだろ」

「……………」

竜之介は目で頷いた。口にするのは憚られるが、言われたことは事実だった。

定信は老中首座に抜擢される以前、意次に賄賂を贈った見返りとして、本来は譜代の大名でも限られた名家にしか認められない、溜の間詰めの立場を得ている。

溜の間詰めとなった大名たちは幕閣の参与として、御政道に意見をすることが認められる。その立場を得るのは先代の白河藩主の定邦が切望し、田安徳川家を継ぐ身であった定信を強いて婿に迎えてまで実現することを望んだ宿願でもあった。

しかし堅物の定信が節を曲げ、内証が豊かとは言い難い中で少なからぬ額を賄賂に費やしたのが、義父の定邦だけではなく己自身のために溜の間詰めとなり、御政道に関わる機を得ることだったのは想像に難くない。

「越中守様は出来るお人だ。主殿頭様もそのことは認めていなすったよ。だから一代限りと条件はつけたが溜の間詰めにご推挙しなすったのだし、浅からぬ仲の和泉守がつるし上げにされた時も、庇い立てしなかったのさね」

「小堀和泉守様の一件でございまするか」

「もちろん一番悪いのは調子に乗った和泉守だけどよ、大事な女の妹をろくでなしと縁付かせちゃいけねぇやな」

「仰せの通りと存じまする」

竜之介は恥じた面持ちで平蔵に答えた。

それは意次を善人だったと言い切った時、不覚にも失念していたことであった。

老中首座となる二年前の天明五年、溜の間詰めとなっていた定信は、伏見奉行で近江(おうみ)小室(こむろ)藩主の小堀和泉守政方(まさみち)が在職中に犯した悪事を暴いた。

政方は意次の愛妾(あいしょう)の妹を自らも妾(めかけ)に迎えたことで出世を重ねて増長し、奉行として赴任した伏見に君臨して町の女たちを慰み、逆らう男たちを斬り捨てるだけでは飽き足らずに十二万三千両もの徴収金を不当に集め、浪費で窮乏した藩費に補塡(ほてん)した。

この事実を寺社奉行に直訴(じきそ)した訴状を請けて定信は政方を召喚(しょうかん)し、加担した十四人の家臣及び伏見の町人多数と共に罪に問われるように、取り計らったのである。

裁きが下ったのは定信の老中首座就任後で、直訴の咎(とが)により投獄された伏見町人の文殊九助(もんじゅくすけ)ら七人は既に牢死してしまっていたが、定信が寺社奉行を経て手にした訴状を握り潰さず、悪大名を断罪すべく取った行動は高く評価されている。

「和泉守は頭は切れたが質(たち)が悪すぎたんだよ。せっかくの知恵を悪いことにしか使わねぇんじゃ、仕置をされても仕方あるめぇ。俺が相手にしている盗っ人の頭(かしら)どもにも言えるこったがな……」

火盗改の御用とは、よほど厳しいものであるらしい。

この辺りで辞去すべきだと竜之介は悟った。

「時に長谷川様、真刀小僧をお召し捕りになられたそうでございまするな」

「お前さん、知ってたのかい」

「お近くの水茶屋にて仄聞致しました」

「お寅婆さんかい……ったく、あの店の年寄り連中はおしゃべり揃いでいけねぇや」

平蔵は渋い顔でぼやく。深くは触れてほしくない。そう言いたげな面持ちである。

竜之介は口を閉ざし、言祝ぐつもりの言葉を飲み込んだ。

八

長くなった日も、そろそろ沈む頃合いだった。

盗っ人が動き出すのはこれからだが、強請りたかりは人通りのある時間でなければ稼ぎにならない。

「今日のとこはあと一人で終いだな」

「仕方ありやせんよ、兄貴。さむれぇは夜は出歩かねぇですし」

「あーあ、締めに懐のあったかいのが来てくれませんかね……」

小さな橋の袂で言葉を交わしていたのは、若い地回りの三人組。親分を持たずに荒稼ぎをする、仁義も見境もない輩だ。

強請りのカモにするのは、本所に多い小旗本と御家人たち。橋を渡ってきたところにわざとぶつかって因縁をつけ、ただでさえ乏しい持ち合わせを容赦なく脅し取る。

この手の連中は逃げ足が速い。

土地の一家が締め上げに来れば早々に身を隠し、腕の立ちそうな侍には絶対に喧嘩を売らない。相手を見誤って逆に叩きのめされ、役人に突き出される者が一時は後を絶たなかったこともあり、荒稼ぎをしながらも用心を怠らずにいた。

「あんたら景気がよさそうだな」

だしぬけに声をかけられ、三人の地回りは慌てて振り返る。

いつ後ろを取られたのか、誰も気がつかなかったのだ。

夕暮れ空の下に立っていたのは、着流し姿の男たち。

そのままの姿で旅でもしてきたかのように、埃と垢に塗れていた。

「何だよお前ら、無宿人か？」

「汚えなぁ。気安く声をかけんじゃねぇよ」

二人の地回りは強気な態度。

残る一人である兄貴分を当てにしてのことだった。

不審な男たちは猪首と細身に大男の、こちらと同じ三人連れ。

大男は見るからに逞しいが、地回りたちの兄貴分も体格は負けていなかった。

「とっとと行っちまいな、おっさんども」

兄貴分がじろりと男たちを睨め付けた。

しかし男たちは動かない。

垢じみた顔に苦笑を浮かべ、こちらを見やる目には侮蔑の光。

「てめぇら、舐めてんのか！」

兄貴分が怒号を上げて殴りかかった。

応じたのは猪首の小男——多吉。

大きな拳を苦もなく受け止め、手首を締め上げる。

信じられない剛力に兄貴分はよろめいた。

足払いで転ばせた多吉は、がら空きになった急所に容赦なく蹴りつける。

「あ、兄貴」

「ひいっ」

残る二人は逃げ出す間もなく大男——卯之助に首根っこを摑まれた。

あっけなく首を折られた時、金的を蹴り潰された兄貴分も息絶えていた。

「お江戸の地回りってのも大したことねぇんだな、風神の兄い」

「まぁ、こんなもんだろ」

卯之助のぼやきに、多吉は事もなげに答える。

「大したことがねぇのは懐具合も同じみたいだぜ、天神」

卯之助に告げる伝八は亡骸（なきがら）を仰向けにさせ、懐を検（あらた）めている最中だった。

「それでも着るもんは驕（おご）ってやがる。煙草入れも、なかなかの上物（じょうもん）だ」

「見栄っ張りが多いってことかい、雷神の兄い？」

「腕っ節は見掛け倒しだったけどな」

卯之助と多吉も手伝って、亡骸の持ち物を取り上げていく。

帯を解き、着物も脱がせる。

「ちょうどいいでかぶつが見つかって良かったな」

「風神の兄いこそ、お誂え向きのちびがいて幸いでござんしたねぇ」

「馬鹿野郎。丈はいいけど裄（ゆき）が足りねぇよ」

「兄いはちびでぶでござんすからねぇ。まぁ辛抱しなせぇよ」

「くそったれ。こういうのを帯に短し襷（たすき）に長しって言うんだろうな」

言い合いながら着替える二人をよそに、伝八は奪った煙草入れの叺（かます）を開く。

「どうした雷神、吸いてぇのか」

「そう言う風神の兄いこそ、そろそろ酒が恋しい頃合いでござんしょう」

「俺は女が抱きてぇや。あー、気を抜いたら鼻血が出そうだ」

「贅沢言うない天神。まずはお頭……徳次郎を取り返すのが先だぜ」

ぼやく卯之助に多吉は釘を刺した。

閻魔堂を脱出した三人は追っ手を撒くために川筋へ逃れ、着の身着のままで野宿を重ねて江戸に入ったばかり。

江戸には一味と共に仕事をした渡りの盗賊もいるはずだが、火盗改と内通している恐れがある以上、当てにはできない。

元より盗っ人稼業でしか生きていけない三人である。

巻き返すには徳次郎の身柄を奪って口を割らせ、隠し金を横取りするのみ。

どのみち捕まれば獄門首。勝負に出るより他にない。

九

「長谷川平蔵宣以……。その名を口にするのも腹立たしいわ」

下城した定信は夕餉を終え、就寝前の一時を過ごしていた。

くつろぐつもりでいても気がつけば、愚痴が口を衝いて出る。

今や町奉行をも凌ぐ平蔵の人気は、定信にとっては不快な限り。

平蔵は亡き意次とは懇意の間柄。その威光にあやかったわけではないものの、心情的には田沼派と見なすべき存在であった。

その人となりも、定信とは真逆である。

武術に秀でていても、学問は不得手。当人も無学と自認し、何ら恥じずにいる。若い頃は放蕩者で家督を継いだ後も遊興に父親の遺産を注ぎ込んでおり、碌な噂を耳にしなかった。それでいて同役の先手組頭たちの間では評判が良く、家中の人望も篤いという。

しかし仲間内の評判など当てにはならぬし、何より定信自身が信用を置けない。ゆえに同じ久松松平の一族で先手弓頭の松平左金吾に火盗改の加役を命じ、平蔵のお目付け役をさせていたのだ。

しかし、左金吾の仕事ぶりは平蔵の足元にも及んでいなかった。

同じ加役でも平蔵は本役の火付盗賊改で、左金吾は助役。年間を通じて捕物御用に従事できる平蔵と違って左金吾は冬の間しか活動できず、寒い時期に多くなる放火犯を取り締まるのが専らだった。

これでは張り合わせるどころか、引き立て役にしかなっていない。

やむなく定信は去る二十一日を以て、左金吾の加役を免じている。奇しくも同じ月に平蔵が大手柄を立てたため、不出来な身内を抱える定信は赤っ恥だった。折を見て再任させるつもりだが、平蔵との出来の違いは明白。身内と思うと泣けてくる。定信の顔は平家蟹になるばかりだ。

「殿」

障子越しに恐る恐る呼びかける声が聞こえた。元服前からの付き合いである、近習番の水野為長だ。

「何か」

「松平左金吾様がお目通りを願うておられまする」

「またか……通せ」

定信は憮然と為長に命じた。

早寝早起きを習慣とする定信は夜に人と会うことを好まず、酒宴に招かれても就寝に合わせた時間に屋敷へ戻る。来客についても同様で、時間が来れば帰宅を促す。

頑固なまでの習慣が知れ渡ったのか、近頃は夜分に訪れる者はいない。

定信は身内でも特別扱いをしないため、八丁堀の白河藩邸で病の療養を兼ねた隠居暮らしをしている義父の定邦も日頃のわがままを自重し、西の丸下の屋敷を訪問する際は何日か前に知らせてくる。

だが左金吾は意に介さず、夜更けも構わず足を運んでくる。

私用での訪問であれば即座に追い帰すところだが、左金吾が足繁く訪ねてくるのは平蔵のお目付け役として、定信への報告に及ぶため。加役を免じられても平蔵と同じ先手組に属する立場は変わらぬため、引き続き目を光らせているのだ。

こちらが命じたことである以上、話を聞かぬわけにはいかなかった。

定信は脇息(きょうそく)を後ろに押しやり、背筋を伸ばして座り直した。

程なく、廊下を渡る足音が聞こえてきた。

「ご免」

断りを入れる声に続いて、為長が障子を開く。

「夜分に失礼致しまする、越中守様」

敷居際に膝を揃えた左金吾の表情は、今宵も不機嫌そのものだった。

日頃は何が楽しいのか、造りの大きい顔に笑みを絶やさぬ男である。

良く言えば天真爛漫(てんしんらんまん)、悪く言えば能天気だが、平蔵が絡むと態度が変わる。

家柄を抜きにして競い、大差をつけられた相手だからだ。

その不満を原動力に奮起してくれれば良いものを、平蔵に関する報告の殆どは愚痴に等しい。耳を傾けるだけで疲れてしまうが、有益な情報が交じっていることもままあるため、聞き流すわけにはいかない。

「大儀である。入れ」

「失礼つかまつりまする」

左金吾は敷居を越え、定信の下座に着く。

「お聞きくだされ越中守様。長谷川め、真に腹立たしき男にございまする！」

「分かっておる。順を追って、話してみよ」

「ははっ、されば早速……」

「うむ、うむ……いつもながらのことらしいの」

「それがしの気持ちをお察しくだされ。口惜しき限りにございまする」

「分かっておるゆえ、続きを申せ」

「ははっ」

いつものやり取りが始まったのを見届け、障子を閉める為長は渋い顔。ただでさえ気難しい主君が更なる疲労を抱え込むことが、今宵も目に見えていた。

半刻後、左金吾は意気揚々と帰っていった。

既に定信の就寝時間は過ぎている。

聞かされた話の殆どは今宵も平蔵に関する愚痴、そして根拠のない自尊心から来る妄言だった。

『まるで分かりませぬ。それがしと長谷川に、どれほどの差があるのでしょうか？』

こちらが聞きたいことである。

しかし左金吾は定信は元より、市中の風聞を収集するのを役目とする為長らを以てしても知り得ない平蔵の行動を把握している。

左金吾が愚痴りながら明かした話によると、平蔵は大手柄をもてはやされても何ら誇ることなく、淡々と毎日を過ごしているという。もちろん役宅に拘留した徳次郎の取り調べはしているはずだが、配下の与力と同心たちも平蔵と同様に浮かれた様子はなく、息抜きに盛り場へ出向く者もいないらしい。それは諸役人が酒色遊興に羽目を外さぬように日頃から監視をしている、為長の報告とも一致する情報だった。

『勝って兜の緒を締めたと申せば聞こえは宜しゅうござろうが、鼻持ちならぬ限りにございまする。越中守様、くれぐれもあやつを信用なさってはなりませぬぞ』

左金吾はそう釘を刺して話を締め括り、すっきりした顔で帰っていった。

送り出した為長がすぐさま配下の近習に命じ、速やかに布団を敷かせたのは主君の体調を案じてのこと。

そして今、定信は布団にぐったりと横たわっている。

妄言を聞かされすぎて、疲労を覚えただけではない。

定信は家斉の命により、真刀小僧に濡れ衣を着せなくてはならない。

曲者に奪われた御刀を竜之介がいまだ取り戻せずにいる以上、必要な措置だった。

しかし、平蔵は意外にも堅物であるらしい。

元より金で動かす気はなかったが、出世をちらつかせるぐらいのことはするつもりであった。

平蔵は今年で四十四歳。壮健なれど、もう若いとは言えぬ歳だった。

左金吾から以前に聞いた話によると、平蔵はかねてより町奉行となることを望んでいるという。

先手組頭は幕府の武官として最高位だが、御政道にまでは関われない。

やはり旗本にとって一番の出世は、三奉行の一員である町奉行になることだ。

勘定奉行を目指すには下役から昇進を重ねていかなくてはならず、寺社奉行は大名でなければ就任できぬが、町奉行は旗本ならば畑違いでも就任が可能な役職だ。

平蔵の歳からしても、希望するのは当然だろう。

口説くとすれば、それしかない。

そう思い至っても、定信の表情はまだ晴れない。

平蔵の件とは他に、頭の痛い問題を抱えていたからである。

昨年来、諸国の天領で鉄砲の紛失が続出している。

田畑を荒らす鳥や獣を追い払うため、各地の村に備え付けられていた鉄砲が何者かに持ち去られてしまったのだ。

飢饉で年貢を納められなくなった農民たちが村を捨てて逃げ出し、無人となった隙を衝いて何者かが持ち去ったらしい。

一挺か二挺ならば食い詰めた農民の出来心と見なすこともできるが、おびただしい数の鉄砲が何処ともなく消え失せたとは一大事。

天領と隣接する大名領でも同様の事件が発生しつつあり、このまま放っておいては天下に示しがつかない。

定信は諸国の天領を預かる代官たちに責を問い、服部家の力も借りて探索をさせていたが、一向に手がかりは摑めぬままであった。

泰平の世で大量の鉄砲が必要とされる地は限られている。

悪い予感が当たらぬことを切に願う定信だった。

十

平蔵は独り、屋敷内の仮牢に足を運んでいた。

「ご苦労。鍵を開けたら外してくれ」

「お頭、宜しいのですか？」

「心配するには及ばねぇよ。いいから一服してきな」

番をさせていた小者の肩を叩くと、平蔵は牢内に入った。

「おう、起きてるかい」

「……もう申し上げることはありやせんよ、長谷川さん」

徳次郎は奥の壁に寄りかかり、膝を立てて座っていた。

既に罪状を余さず白状し、供述書である口書（くちがき）も取ってある。

殊勝な態度は、平蔵との勝負に敗れたことで覚悟を決めたがゆえのものだろう。

平蔵直々の取り調べで明かしたところによると子分の殆どは一味を抜け、閻魔堂に潜伏していた者が全てだったという。平蔵配下の同心と手先による地道な探索と工作によって追い込まれた結果であった。

幹部の三人こそ取り逃したものの、もはや一味に再起を図る余力はない。関八州を所狭しと荒らし回った真刀小僧一味は潰えたのだ。

払った犠牲の大きさに家中は打ち沈み、平蔵は元より配下も一人として浮かれてはいなかったが、幕府の特別警察として面目を施したのは事実。

早々に小伝馬町の牢屋敷に引き渡し、評定所の吟味を経て処刑が執行されれば更に平蔵の評判は喧伝され、人気も高まることだろう。

しかし平蔵は徳次郎を屋敷内の仮牢に留め置き、係の老中である松平伊豆守信明に御仕置伺の調書も提出していない。

覚悟を決めた徳次郎にしてみれば、落ち着かぬことだった。

「長谷川さん、早いとこ小伝馬町送りにしちゃくれやせんか。この首を三尺高えとこに晒すんなら梅雨になる前にしてくれねぇと……雨続きでずぶ濡れじゃ、せっかくの色男が台無しってもんでさぁ」

「そんなことはあるめぇよ。水も滴るいい男って言うだろうが?」

「へっ、こいつぁ一本取られたぜ」

平蔵の切り返しに苦笑しつつ、徳次郎は座り直す。

その向かいに平蔵は胡坐を掻く。

刀は元より脇差も帯びていない。

丸腰でも盗賊に後(おく)れを取る平蔵ではなかったが相手が大盗の頭(かしら)、それも剣の手練とあっては、牢番の小者が案じたのも無理はあるまい。

しかし、当の平蔵は平然とした面持ち。

自然体でありながら隙はなく、徳次郎は黙って膝を揃えていた。

「お前さん、俺に明かしていねぇことがあるだろう」

平蔵は徳次郎に問いかけた。

「とんでもねぇ。包み隠さず申し上げやしたよ」

「いや、まだ一つ隠してるよな」

「……」

「鉄砲のお代って、何のことだい」

「鉄砲？」

「お前さんが逃がした子分の一人が、食ってかかっていたじゃねぇか。盗みの合間にせっせと掻き集めたんだろ」

「……聞いていなすったんですか」

「ああ。壁越しだったが、お前さんのすぐ後ろまで近づいて、な」

「閻魔堂を遠巻きにしていただけじゃねぇんですかい？　確かに殺気はしたが、近間じゃ何も感じやせんでした」

「その殺気ってのは同心たちだろ。若え奴らは抑えきれずに丸出しになっちまうんでな。鍛えちゃいるが、もうちっと年季が入らにゃ無理だろうよ」

「それじゃ、長谷川さんはお一人で俺の近くまで」

「そういうこった。おかげで思わぬ話を聞かせて貰えたってことよ」

「……大した度胸だ」

徳次郎は感心した様子で呟いた。

「参りやしたよ長谷川さん。こうなりゃスッパリお話しやす」

吹っ切れた素振りを見届け、平蔵も膝を揃えた。

「長谷川さんは、威し筒ってのをご存じですかい」

「鳥や獣を追い払うため、村々に備えている鉄砲のこったな」

「俺たちは逃散して誰もいなくなった村から、そいつを頂戴していたんでさ。多吉の奴が言ってた通り、盗みの合間にですがね」

「どうしてそんなことをしたんだい」

「盗みに入る先の下調べに出張ったついでですよ。行き掛けの駄賃と思えば苦になりやせんし、会符(えふ)があれば御上の目を逃れて送れやすしね」

「送った先はどこなんだい」

「あちこちの港です。相手も用心をしているんでしょう」

「その相手ってのはどういう奴だい」

「顔も名前も明かしちゃくれやせんでしたが声のいい、語り物を生業(なりわい)にしていそうな四十男でした。そういえば、西国(さいごく)の訛(なま)りが少しありやしたね」

「語り物ってことは、芸人なのかい」

「そういう感じでござんしたが、あの腰の据わりと身のこなしは、長谷川さんと同じ剣術遣いですよ」

「剣術遣いか……で、そいつからお代は貰ったのかい？」

「それが受け取ったのは最初の荷だけで、本腰を入れて揃えた分はただ取りをされちまいやした」

「ただ取りかい。まさに盗っ人の上前(うわまえ)だな」

「真刀小僧ともあろうもんがお恥ずかしいこってさ。取引先はさるお大名なれば儲けは大きい、楽しみに待っておれって甘い言葉に、まんまと乗せられちまいやしてね」

「よく話してくれたな」

渋い顔をした徳次郎に、平蔵は笑みを返す。

「長谷川さんにだから言えたことでさ。お前さんは人たらしでござんすからね」

徳次郎も恥ずかしそうに微笑んだ。

「長谷川さん、このことも口書になさるんですか」

「そのつもりなら書役を連れてきてるよ」

「まずは聞いてみようってことでしたか」

「念のためにそうしといて良かったよ。上様御支配の天領から鉄砲をごっそり持っていかれたなんて、迂闊に明かせることじゃねぇや」

「どうなさるのかはお任せしやすよ。罪が幾ら増えたとこで、御仕置されるのは同じこってすからね」

「その御仕置だが、ほんとに覚悟は決めたのかい」

「何ですかい、今さら」

「つくづく惜しいと思ってな」

平蔵は残念そうに呟いた。

「お前さんは腕が立つし頭も切れる。もうちっと罪が軽ければ俺の裁量で、手先って扱いにして身柄を預かれたんだが……お前さんはやりすぎた」

「面目次第もありやせん。全ては道を踏み外した報いでござんすよ」

「進みたかった道があったのかい」

「一番なりたかったのは、お侍でさ」

「侍？」

「お取り調べで申し上げた通り、俺は上州国定村の百姓の倅でございやす。お代官にお仕えする手代を務めれば士分にお取り立てになる道がある、その時は推挙してやるからって名主様が言ってくれて、村に居着いた剣客くずれの浪人者に神道流を教わり始めたんでさ。俺が初めて手にかけたのは、その師匠だった浪人でござんした」

「仮にも師を斬るとは聞き捨てならねぇな。何があったんだい」

「名主様の一家を皆殺しにして、金を奪うのを手伝えって持ちかけられたんでさ。今の今まで尊敬していたのが毒虫みてぇに見えちまって、気がついたら滅多斬りにしておりやした。金が恃みとしか考えられなくなったのは、それからのことで」

「……嫌なことを思い出させちまったようだな。許してくんな」

「いいんでさ。おかげさんですっきりしやしたよ」

　詫びる平蔵に徳次郎は微笑み返す。暗い牢の中に身を置きながら、憑き物から解き放たれたかのように安堵した面持ちになっていた。

第三章　目覚めた男

一

　真刀小僧こと上州無宿徳次郎の余罪を訊き出した長谷川平蔵は御仕置伺を清書させると翌日早々、本件の係の老中である松平伊豆守信明に提出した。

　平蔵が谷中の吉田藩下屋敷に呼び出されたのは、その日の夕刻。

　信明は譜代の大名として三河吉田七万石を治める身。江戸における本邸の上屋敷を避け、別邸で人の出入りが少ない下屋敷を指定したのは第三者、とりわけ定信が市中に放った間者の耳目を避けるためだった。

　古びながらも掃除の行き届いた座敷の障子が、夕日に紅く染まっていた。

「……情状酌量の余地あり。罪一等を減じるだけでは足りぬ程に余罪の多き者なれど格別の御慈悲を以て遠島の御沙汰を賜り、御赦免となりし暁には差口奉公をさせて御用の手下を命じたく、謹んで願い上げ奉り候……」

文机に置いた御仕置伺を改めて読み終え、信明は腕を組んだ。

爽やかな笑顔の似合う顔も、今は渋い面持ちである。

活舌の良い発声も、平蔵を前にした今は詰まりがちであった。

「これでは越中守様にお見せできぬぞ、長谷川」

「ごもっともにござる」

「ならば、何故」

「至難を承知でご検討を願いたく、上申させて頂き申した」

「む……」

下座の平蔵は面を上げたままで微動だにせず、次の言葉を待っている。

信明は無言で目を閉じた。

脇息は平蔵を迎えた時から後ろに置かれている。客が目下の者であっても守るべき武家の作法だ。

人前で腕を組むことも無作法な振る舞いの一つだが、そうせずにはいられない。

「……長谷川、身共の立場も考えてくれ」

「お若いだけに、ご苦労も多いことでござろう」

「知った風に申すでないわ」

親子ほども歳上の相手に失礼と思いながらも、信明は声を荒らげた。

松平越中守定信を首座とする五人の老中で、信明は最年少。

定信も三十二歳と幕閣のお歴々を統べる立場にしては若年だが、信明は三十歳。実は三つサバを読んでおり、本当はまだ二十七歳なのである。

信明の年齢が公には三十歳とされたのは、春之丞という幼名で呼ばれていた八歳の時に父の信礼が急逝し、長男とはいえ側室の子、しかも幼い身では幕府に家督相続の願いを却下されるのではないかと案じた親族が策を講じ、元服を目前に控えた十一歳と届け出たがゆえのこと。

武家は家名の存続が第一だ。

まして信明が継いだ大河内松平家は三代将軍の家光を支えた名老中で、幕府の危機を幾度も救って知恵伊豆と称えられた、松平伊豆守信綱を輩出している。

信綱の功績によって家名を高め、代々の当主が伊豆守の官名を受け継ぐ一族を先の見込みのない者には任せられない。幼い信明が暗愚であれば裏工作に及ぶまでもなく廃嫡されて、次の藩主は親族から年長の者が選ばれていただろう。

一族の期待に応えて信明は元服し、評価の厳しい定信に認められるまでに成長して大河内松平家と七万石の将来は安泰となった。

この安泰を守るのが当主の使命だが、今の信明は御政道に関わる立場。御役目をしくじれば藩の政に差し障るし、国許で問題が生じれば老中を罷免される恐れもある。知恵伊豆の子孫だけに、大恥となるのは必定だった。

弱気になってはいられない。

「長谷川、御仕置伺を書き改める気はないか」

「このままの内容にてお納め願い上げまする」

「どうあっても検討せよと？」

「は」

「………」

「重ねて願い上げまする、伊豆守様」

頭を下げる平蔵は威風堂々。

歳のみならず貫禄も、信明の及ぶところではなかった。

定信を前にしている時と全く同じである。

信明は老中となって、この四月で満一年。

定信は信明を他の三人の老中よりも重く用いる一方、陸奥泉一万五千石の藩主で若年寄の本多弾正大弼忠籌を側用人に起用して幕政改革に参画させ、老若の二人を手足とする体制を作り上げていた。

五十歳の忠籌は若い頃から学問に勤しみ、武士に必須の教養とされた儒学は元より、民の暮らしに根ざした生活哲学である石門心学にも詳しい。

わがままな家斉から目を離さずに御側近くで教え導くことは、奥勤めを兼ねる定信と側用人の忠籌で事足りる。

二年目に入った幕政改革が厳しすぎると批判の声も上がる中、定信は積極的に新たな政策を打ち出していた。

三月の奢侈禁止令では高価な品物の製造と販売を禁じ、衣装や装飾品ばかりか菓子や子供の手遊び人形まで規制の対象として贅沢を厳しく戒める一方、親孝行に努め、仕える家に忠義を尽くした孝義者たちに関する諸国からの報告を『孝義録』として刊行する事業にも着手。その上で無宿人が江戸市中において物乞いをするのを禁じ、在所の村に戻って帰農することを促している。

これらの政策と並行して準備を進め、四月に入って示達した道中往来心得はこたびの事件とも関わりのあるものだった。

「長谷川……真刀小僧が一味の罪は盗みと殺しだけではないのだぞ。恐れ多くも将軍家の道中御用と偽り、関八州の各地にて奪いし品々を運ばせておった件は越中守様ばかりか、上様の御耳にもかねてより達しておる……そのことだけでも万死に値すると思うがいい」

　信明は努めて冷静に語った。

　道中往来心得では、西国の諸大名が謀反を起こした際の幕府の防衛線として橋を架けず、川越し人足のみ置かれた大井川を勝手に渡るのを改めて厳禁したのを始め、馬子や雲助と呼ばれる街道筋の駕籠かきが客に酒代を不当に要求することを禁じ、旅人にも街道や宿場で粗暴に振る舞うことを禁止している。

　条項の中には、会符の使用制限も盛り込まれていた。

「確かに農民や商人がお公家から会符を借り受け、荷を運ぶ費えを安う済ませるのは珍しゅうない。融通したお公家にもわずかながら礼金が入るとなれば、互いに利となるのも分かる。したが越中守様はこれを許さず、向後は相成らぬと強固な姿勢を示しておられる。都の天子様が望まれし尊号宣下の儀をも、御道理ならずと拒絶なさるお方が、葵の御家紋を悪用せし者を見逃すはずがあるまいぞ」

信明の声はいつしか緊張を帯びていた。

光格天皇は、実の父親でありながら官位が低く、宮中で臣下の扱いをせざるを得ない閑院宮典仁親王に太上天皇の尊号を望んで、幕府へ密かに許可を求めていた。

しかし定信は恐れながら世の道理に反すると見なして拒絶。昨年の京の大火で被災した御所の造営に尽力した評価が覆り、悪名を被ることも辞さずにいる。

定信の主君である家斉は天皇に仕える、朝廷の武官の征夷大将軍。

されど将軍家は幕府を開き、日の本の政を委ねられている。

その政の実務を担う最高責任者の老中首座として、定信は家斉以上に恐れ多い帝の御意向を、まだ内々に伝えられただけの段階でありながら否定したのだ。

定信の信念は容易には揺るがない。

まして無法の数々を働いた盗賊一味の頭を減刑することなど、あり得ぬ話。

信明はそう言いたいのだろう。

平蔵はすっと信明に視線を向けた。

「……ご無理を申しました。お許しくだされ、伊豆守様」

「得心してくれたのか、長谷川」

頭を下げられた信明は、思わず安堵の声を上げる。

そこに次なる言葉が聞こえた。

「評定所にてご評議をなさる前に一度だけ、越中守様にお伺いを立てて頂きとう存じ上げまする」

「は、長谷川っ」

「無理と承知なれど、万に一つのご温情を期してのことにござる。何卒お力添え頂きたく、伏してお願い申し上げまする」

平伏したまま言上(ごんじょう)され、信明は何も言えなくなる。

既に日は沈んでいた。

明かりを灯していない座敷の中、二人の男は動きを止めたままでいた。

二

御城勤めの大名と旗本は本丸玄関内に設けられた下(した)部屋に集合した後、団体でそれぞれの職場に向かう。

御政道を主導する老中たちも例外ではなく、今朝も定信を先頭に上(かみ)の錠口(じょうぐち)を通って中奥に姿を見せた。

休憩中の小姓たちは廊下に並んで膝を揃え、御用部屋に向かうお歴々を見送る。

小姓の控えの間は同じ中奥でも老中たちが詰める御用部屋よりも奥まった、将軍の御座所に近い場所に設けられている。

引っ込んでいれば顔を合わせず、挨拶を欠いたのを後から注意されても折悪しく手が塞がっていたとでも言い訳をすれば問題ないが、お歴々に顔を覚えて貰うのは出世を望む身にとって大事なことだった。

縦に一列となって歩みを進める、老中たちの殿は信明。

爽やかで溌溂とした雰囲気。見るからに好青年だ。

「おのれ小知恵伊豆め、いつまでも後塵を拝しておると思うでないぞ……」

頭を下げたまま口の中で呟く忠成は、信明の実年齢より一つ上の二十八歳。

生家の岡野家は旗本ながら先祖が神君家康公の異父弟の松平康元で、養嗣子に迎えられた水野家は家康公と康元の生母である於大の方の実家に当たる。家柄は上と自負するがゆえ立場の違いに納得できず、心ならずも挨拶を欠かさぬように努めながらも対抗意識を燃やして止まずにいた。

だが老中を目指すには、家督を継いで大名家の当主とならなくてはならない。

義父の忠友は田沼派だったことが災いして老中職を追われながらも隠居せず、駿河沼津(ぬまづ)二万石の藩政に専念している。

跡継ぎに据えた忠成の将来に期待を寄せながらも急かさず、家督と出羽守(でわのかみ)の官名を譲る気配はいまだ見せない。

小姓の御役目に勤しむことで家斉の信頼を深めれば自ずと道は開けると、年の功で分かっているのだろう。

親の心子知らずで、忠成はそのことに気づいていない。

尽きぬ妬心(としん)を隠しきれず、表情を装っても目はぎらついていた。

「おお、また大和守殿がいらついておるぞ」

「毎度のことだ。気に致すな」

苦笑交じりに英太が呟くと、雄平は肩をすくめる。

声が聞こえずとも目を見れば、胸の内はおおよそ分かる。忠成が信明に対抗意識を燃やして止まぬことに小姓の全員が気づいていたが、余計な意見はしなかった。

三

控えの間では、火鉢の五徳に掛けた鉄瓶が盛んに湯気を上げていた。

火鉢の前に座った竜之介は手ぬぐいを添えて鉄瓶を取り、盆の上に並べておいた小ぶりの急須に湯を注ぎ、碗に移す。いずれも右を利き手としての所作である。

空にした急須に茶葉を投じ、碗から湯を注ぐ手つきは丁寧そのもの。

日常における他の所作と同様に繊細なのは、実は左利きであることを悟らせぬために自ずと身についた癖だった。

それにしても、以前と比べて明らかに動きが遅い。

されど俊作は急かすことなく、竜之介が煎じ終えるのを待っていた。

「岩井殿、どうぞ……」

「かたじけない」

茶碗を取って一口啜り、俊作は微笑んだ。

「うむ。おぬしの茶は、やはり落ち着くな」

「……恐縮にござる」

答えながらも竜之介は不安であった。

竜之介の茶は以前と比べ、味も香りも落ちた筈。

喫する側にも増して、当人が実感していることだ。

湯加減が悪いのか。茶葉の量が合っていないのか。煎じる時間がおかしいのか。

幾ら注意を払っても上手くいかず、まるで習いたての頃に戻ってしまったかのようだった。自宅では止めているものの職場で煎じてほしいと頼まれては断れず、未熟な出来で一服させてしまうのが心苦しい。

「風見、ちと一服させてくれ」

「こちらも頼む」

「それがしも所望だ」

英太と雄平に続き、忠成が火鉢越しに声をかけてきた。

信明に対する妬心はひとまず鎮まり、いつもの精悍な眼差しに戻っていた。

「大和守殿も……でござるか」

竜之介は思わず問い返していた。

忠成が他の小姓たちより気位が高いことは、元より承知の上である。

大名の養嗣子として美味美食に慣れており、口が驕っているはずだ。

今の竜之介の茶が、美味かろうはずはない。

それなのに文句もつけず、以前と同様に茶を所望してくるのはなぜなのか？

「何としたのだ風見。それほど手間は変わらぬであろう」

戸惑ったのは忠成も同じだった。

「おぬしが用意の碗は小さいゆえ、その急須でも一度に三杯まで煎じられる筈。日頃からそうしておるではないか」

「左様にござるが……貴殿のお口には合いますまい……」

竜之介は口ごもりながらも言い切った。

「おかしなことを申すでない。休憩中の茶は甘露(かんろ)のごとし。気を晴らすための一服に好んで不味(まず)いものを求める馬鹿がおるものか」

「されど、今のそれがしの茶は……」

「確かに以前と比べれば、少々渋うなったな」

竜之介と忠成のやり取りに、俊作が口を挟んだ。

手にした碗は、既に一滴も残さずに乾した後である。

「言われてみれば、そうかもしれぬ」

「渋さの中に感じられた、ほのかな甘みが失せてしもうたのが惜しいところだ」

英太と雄平も口々に言いながら、竜之介の前から動こうとはせずにいた。

「何も悩むには及ばぬぞ、風見」

忠成が身を乗り出した。

「岩井らが言うた通りやもしれぬが、それでもおぬしの茶は十分美味い。何より安心できるのだ」

「ご安心……にござるか」

「おぬしと当番が同じ日に、誰も茶坊主に一服を所望しなくなったことが答えぞ」

思わず驚く竜之介に、忠成は真面目な顔で語った。

「茶坊主どもが本気を出さば技量はおぬしより上であろう。したが、あやつらが本腰を入れるのはご老中と若年寄のお歴々に三奉行ぐらいのもので、大名旗本といえども心づけを弾んでやらねば、平気で手を抜きおる。義父上も老中職を退いた途端に茶が不味うなったと、ご登城なされるたびにぼやいておられるわ」

「出羽守様が、でございまするか？」

「格式ある雁(かり)の間詰めと申せど、お歴々と違うて使い道がないということだ。士分であっても考えることは商人も同然……いや、それ以上にさもしいと申すべきだろうな」

忠成は苦笑いを浮かべて見せた。

「実は俺も岩井らも、おぬしが同役となる前は茶坊主どもに心づけを渡しておったのだがな、金額も歳も足りぬと軽んじおったのか明らかに手抜きであった。はは、あれならば屋敷で奥が煎じてくれる茶のほうが、まだ良いぞ」

「おや、大和守殿も左様に思うておられたのか？」

「実は俺もだ」

「右に同じぞ」

俊作と英太、雄平も苦笑交じりにぼやく。

忠成を含めた四人は全員が妻帯している。

職場のみならず家庭でも、それぞれ悩むところはあるのだろう。

そんな同僚たちが喜んでくれる限り、粗茶を供することを止めてはなるまい。

当番が明けて屋敷に帰ったら久方ぶりに、弓香にも一服振る舞おう。竜之介はそう心に決めた。

「む、そろそろ御稽古の支度をせねば間に合わぬぞ」

「左様か？　ううむ、煙草まで吸うてはいられぬか」

「贅沢を申すな岩井。俺と安田は茶もこれからなのだぞ」

「風見、早(はよ)うしてくれ」

忠成の一言に、英太と雄平が慌て始めた。

竜之介は無言で頷くと、空にした急須に鉄瓶の湯を注いだ。

三つの碗に注ぎ分けて温め、新しい茶葉を投じた急須に戻す。

流れるような手さばきは久方ぶりに、自然な動きとなっていた。

「おお、待ちかねたぞ」

「この碗はすぐに乾せるのがいい。物足りないのは残念だが」

「足りぬぐらいでちょうどいいのだ。風見、おぬしも急げよ」

「心得ました」

「馳走になった。先に参るぞ」

慌ただしく乾した碗を盆に戻し、忠成も腰を上げる。

竜之介は茶道具を手早く片づけ、後に続く。

他の小姓たちも半裃から木綿の筒袖と袴にそれぞれ着替え、自前のひきはだ竹刀を手にして、中奥に設けられた剣術の稽古場に向かった。

四

「さーて、今日も気合いを入れて参るぞ！」

家斉は午前の日課の一つである儒学の講義を終えて早々、稽古場に姿を見せた。

休憩していないのは家斉と共に受講させられ、終わるなり稽古場に連れて来られた小姓たちも同じこと。これで当番が明けるとはいえ、御役目ご苦労なことである。

「うむ、うむ、大和も風見も揃うておるな」

朗らかに呟きつつ、家斉は講義中に強張った体をほぐした。

先に準備運動を終えていた小姓たちは稽古場の板敷きに横一列となり、対面の上席に座した家斉に向かって頭を下げる。

家斉を含めた全員が、御指南役である俊則に礼をした上のことだ。

「上様、本日は御気色（みけしき）が宜しゅうござるな」

「ふっ、じいにも分かるか」

俊則に手ほどきを受けながら微笑む家斉は上機嫌。

家斉は登城した小姓の全員、特に忠成と竜之介が当番の日は二人揃って剣術の稽古に参加しないと臍（へそ）を曲げてしまう。

毎朝の習慣となった打毬は一日の初めの体慣らしを兼ねており、付き合わせる小姓たちが追いつけなくとも文句を言わぬが、新陰流の業前（わざまえ）を錬（ね）るためには二人の存在が欠かせないからである。

「そろそろ良かろう、な？」

「心得申した。御存分になされませ」

俊則は一礼して家斉の側から離れ、見所に膝を揃えた。

「まずは大和だ」

「御意」

忠成が竹刀を提げて進み出た。

他の小姓たちも竜之介を先頭にして並び、自分の番が来るのを待つ。

将軍家の御流儀である新陰流の剣術は小姓の嗜(たしな)みとして誰もが習っているが、忠成と竜之介は実力が段違い。

御指南役の俊則から教わった技を試す際、他の小姓が御相手をしても家斉は手応えを感じぬと不満をこぼすが二人には思い切り打ち込めると喜び、自由に竹刀を交える立ち合い稽古では的確な防御と反撃に学ぶ点も多いという。

「よし、次は風見だ！」

「ははっ」

忠成と交代し、竜之介が前に出た。

「ほう、今日は目の色が違うな」

家斉は嬉しげに呟くと、竹刀を構えた。

「元より稽古に遠慮は無用ぞ。参れ」

「いざ」

切っ先を斜めにして家斉に向ける、竜之介に迷いはない。

主従の立ち合い稽古が始まった。

竹刀がぶつかり合い、床板を踏む足がめまぐるしく動く。

新陰流の稽古は防具を用いぬ代わりに弾力に富んだ造りの竹刀で打ち合い、命に係わる怪我を負うのを防ぐ。

元より面も着けておらず、二人の表情は居合わせた全員が見て取れた。

竜之介が打つ。

家斉が受ける。

「うむ、苦しゅうないぞ！」

家斉が嬉々とするのはいつものことだが、今日は竜之介の顔も明るい。このところ精彩を欠き、初心者に等しい同僚に一本取られるのもしばしばだったが、今日は何がきっかけとなったのか、以前のごとく水際立った立ち合いぶりを示していた。

「風見め、茶の味のみならず業前(わざまえ)も戻ったな」

笑顔で呟く忠成をよそに、見所の俊則は険しい面持ち。

それでいて、竜之介の一挙一動から目を離そうとはしない。緩急を心得た、柔軟にして力強い竹刀と体(たい)の捌(さば)きを、無言で見守り続けていた。

五

　五月を迎えた江戸では、まだ好天の日が続いていた。

　寛政元年の五月一日は、西洋の暦では同月の二十五日に当たる。

　しかし、この陽気も長くは保つまい。

　月も末の二十八日は大川の川開きだが、既に梅雨の直中だ。

　川開きには名物の花火も打ち上げられる。

　小雨ならばともなく、本降りだと中止とならざるを得ない。

「なぁ、今年は大丈夫だよな？」

「あたりきよ。江戸は公方様の御膝元だぜ」

「違えねぇ。御府外じゃ入梅前からざんざ降りのとこも多いらしいがな……」

「風神雷神天神にも慈悲はあらぁな。川開きの日ぐれぇは休んでくれるさね」

　会話を弾ませながら神田の町を往くのは、道具箱を担いだ大工の二人連れ。

　江戸っ子はお祭り騒ぎをこよなく愛する。

　そうした折に楽しめるのも、日頃は地道に稼いでいればこそである。

当日が五月晴れとなってくれるのを期し、それぞれの生業に勤しんでいた。

小川町の風見家では、弓香が目を覚ましたところだった。

赤ん坊の世話をするのは大変だ。

虎和が生後六月に入っても薄い粥と併用し、乳を与え続ける必要がある。

かねてより篠から言われていた通りに欲しがる時間が安定し、夜泣きも落ち着いたが良く寝るようになったためか目方が増えて動きも活発になり、抱き上げるだけでも骨が折れる。

日を追うごとに福々しさが増すのは可愛らしい限りだが、引き換えに背負う苦労は余人には分かり得ぬものであった。

武家、それも旗本の妻女が自らせずとも乳母を雇い、子守りを頼めばいいと近所の旗本の奥方たちは呆れているが弓香は聞く耳持たず、懐妊した時の決意のままに育児と向き合っている。

ここに夫の理解と手助けが加われば、恐れることは何もない。

「おはよう」

「……おはようございまする」

笑顔で告げた竜之介に答える、弓香の顔は照れ臭げ。

さりげなく目やにを取り、枕元に置かれた茶托（ちゃたく）に手を伸ばす。

「……美味（おい）しい」

ひとりごちつつ、弓香は温かい茶を堪能した。

竜之介が煎じてくれた茶を起きぬけに味わう習慣は、先月の末から復活した。

香り豊かな味わいも、以前と全く変わっていない。

「うきゃ、きゃ」

目を覚ました虎和は、父親の腕に抱かれて上機嫌。

微笑ましい限りの光景だった。

されど赤ん坊は、乳も飲ませてくれるのは母親だけだと分かっている。

花より団子、抱っこよりおっぱい。

母は強し、なのである。

「……だぁ、ぶぅ～」

「待ちなさい。母上はまだ、目が覚めたばかりなのだよ」

せがみ始めた虎和を宥めつつ、竜之介は丸い頬を指先で軽く突いた。

ぷくぷくしていながら張りがあって心地よいのは、元より弓香も承知の上だ。

「お待たせ致しました、殿様」

乾した碗を茶托に戻し、弓香は寝間着の胸元をくつろげる。

「さ、母上のところにお戻り」

竜之介は畳に膝をつき、そっと虎和を渡してくれた。

「お帰りなされ」

笑顔で弓香が告げた相手は、愛くるしい我が子だけではない。

図らずも立たされた苦境と向き合い、焦燥に苛まれながらも立ち直ってくれた夫に対する、汲めども尽きぬ愛情を込めた一言であった。

六

くつろぎの一時を妻子と共に過ごした竜之介は朝餉と身支度を済ませると、疾風を駆って登城した。

あるじが立ち直ったことは、お供の面々にとっても喜ばしい。

「良かったなぁ、すっかり元気になりなすって」

「奥方様とのお仲も上々みてぇだ。お顔の色つやが違いやすよ」

参三が笑顔で呟けば、瓜五が白い歯を見せて答える。

「カシラも喜んでいなすったですし、ほんとによろしゅうござんしたねぇ」

毒舌の勘六も垂れ目を更に下げ、嬉しそうな面持ち。

槍を担いだ鉄二は黙って微笑み、左吉と右吉の表情も明るい。

一行を先導する彦馬と権平は表情こそ厳めしく威厳を保っているが、共に目が柔和になっていた。

口取りをする双子の歩みが軽やかなのは、疾風に合わせてのことである。

「おぬし、元気が有り余っておるようだな」

闊歩（かっぽ）する愛馬の首を撫でてやる、竜之介の声には張りがある。

明日も当番が明けたら探索に出向くこととなるが、気持ちが前向きになった今は以前とは違う。

足を運ぶ地域を見直すだけではなく、訪ねる相手も再考してみよう。

そんなことを考えながら手綱を握り、千代田の御城に向かっていた。

思わぬ事態が起きたのは夕方になり、家斉が湯浴み中のこと。

折しも竜之介は他の小姓と交代して控えの間に戻り、共に休憩時間に入った忠成らに茶を煎じている最中であった。

「風見、越中守様がお呼びじゃ。御用部屋に参上致せ」

急ぎ知らせに来た頼母は、緊張を隠せていない。

「疾く参りまする」

折よく飲み頃になっていた茶を急須から搾りきると、竜之介は腰を上げた。


御用部屋の空気は、ぴんと張り詰めていた。

襖越しにも分かる程、緊張が漂ってくる。

定信が発した気配ではあるまい。

他の老中か、それとも若年寄なのかは定かでないが誰かが定信に叱責され、苦境に立たされているらしい。竜之介自身も覚えのあることだった。

「風見竜之介、参上つかまつりました」

「風見か。入れ」

訪いに応じたのは定信だった。

常にも増して険しい声。明らかに怒気を孕んでいる。

「ご免」

断りを入れて襖を開くと、敷居の向こうで信明が面を伏せていた。

いつもの潑溂とした雰囲気は失せ、隠しきれぬ緊張を帯びている。

老中は午後になると帰宅し、よほど御用繁多でない限りは八つ時、午後二時頃には誰もいなくなる。御城中に居残るのは奥勤めを兼任し、中奥を取り仕切る立場の定信ぐらいであった。

なぜ信明だけが居残りをさせられたのみならず、叱りを受けていたのだろうか。

この青年大名は定信に抜擢され、老中職に就いた身だ。

杓子定規で融通が利かぬと言われながらも気配りは心得ており、これまでに大きな失敗はなかったはずだ。

まして後ろ盾である定信の逆鱗に、敢えて触れるはずがあるまい。

「風見、おぬしに尋ねる」

疑問が尽きない竜之介に、仁王立ちした定信が問いかけた。

「ははっ」

竜之介は平伏し、問いかけに応じる姿勢を示した。

続いて告げられたのは、予期せぬ尋問。

「御先手組の長谷川なにがしと懇意にしておるそうだの」

「……長谷川様、にございまするか」

「とぼけるでない。答えよ」

「……二度だけ、お目にかかったことがありまする」

「他人行儀な物言いだの。あやつとまだ親しゅうなるには至っておらぬと申すか」

定信は竜之介に問いかけながら、口元を歪めている。

平蔵のことを、よほど嫌っているらしい。

「………」

竜之介は少々腹が立ってきた。

千五百石取りの平蔵も、白河十一万石の藩主である定信から見れば小物も同然には違いない。幕府の役職の上でも、先手組頭など雑魚に等しいことだろう。

平蔵が鼻持ちならない人柄で、役人としても無能であれば、悪しざまに言われても仕方あるまい。

定信は財政を中心として幕府を再建するために、有能な人材をかねてより積極的に登用している。

されど亡き伯父の意次と比べれば、その人事には偏り（かたよ）がある。

意次が来るものを拒まず、言うことに能力が伴わぬ者まで引き立ててしまったのは確かに失策だったと言えよう。

しかし出自を問わず親しく付き合い、生前に天才と称えられる一方で山師呼ばわりをされていた平賀源内らとも交流していた。

九年前に五十二歳で亡くなったとされる源内は讃岐高松藩の足軽の三男で、本草学を中心に和漢のみならず西洋の諸学に通暁し、商才にも長けていた。長崎への留学を経て下った江戸で意次と知り合い、昵懇にしていたことを竜之介は可愛がられた思い出と共に、よく覚えている。

その才を惜しんだ高松藩が他家に仕えることを許さず、源内が致仕した際に奉公構の扱いにしていなければ、意次のお抱え技官となっていたことだろう。

だが定信は、たとえ知り合っても一顧だにしなかったに違いない。人物を見極めるのに才覚だけではなく家格も重んじるため、足軽の伜では論外だからだ。

愚かな考えだと竜之介は思う。

そのまま口にするわけにはいかないが、一言返してやらねばなるまい。

「長谷川様のご存念は分かりかねまするが、それがしは今後ともご昵懇に願いたいと存じまする」

竜之介は臆せずに言い切った。

「ふむ……」

しばしの間を置き、定信は呟いた。

「やはり、あやつは人たらしらしいの」

「……」

口を閉ざした竜之介を、定信は仁王立ちしたままで見下ろしている。

険しい視線が、次は信明に向けられた。

「伊豆守、おぬしも長谷川なにがしにたらし込まれた口なのか」

「お言葉が過ぎまするぞ、越中守様」

信明は即座に言い返す。

まだ青ざめてはいるものの、堪りかねたらしい。

平蔵の人となりを知っていれば、当然の反応だった。

「越中守様」

竜之介は心を鎮めると、定信を見上げて言った。

「何だ、風見」

「それがしへのご用向きをまだ承っておりませぬ」

「用向きか……言うなれば、立ち会い人だの」

「奥小姓のそれがしに、何の立ち会いをなされよと？」

「伊豆守に尋ねよ。むろん、ここだけの話ということは忘れるでない」

「ははっ」

竜之介は折り目正しく頭を下げた。

中奥の決まりで三人とも丸腰だったが、脇差を帯びていれば武士の盟約として金打(きんちょう)をすべき局面であろう。

竜之介は信明に向き直った。

「伊豆守様、それがし風見竜之介にございまする」

「存じておる。亡き主殿頭様の甥御であろう」

答える声に嘲(あざけ)る響きはない。

日頃の快活な印象は、見せかけではなかったらしい。

「身共はな、風見。一人の罪人を御公儀のために活(い)かしたいのだ」

「罪人……にございまするか」

「真刀小僧こと上州無宿徳次郎。関八州を股にかけて荒らし回り、長谷川に召し捕られし大盗(だいとう)の頭(かしら)だ」

「その徳次郎の罪を減じ、伊豆守様は何の役に立たせるのでございまするか」

「長谷川に差口奉公をさせ、手下として働かせる。身共も監督の労は厭わぬ」

「……」

「身共は小伝馬町に忍び、牢内での徳次郎の様子を見て参った。子細は牢屋奉行の恥となりかねぬゆえ略すが、確かに長谷川が申す通りの、死なせるには惜しい男だ」

「伊豆守」

黙っていた定信が口を開いた。

「徳次郎が裁き、どうあっても遠島で済ませたいと申すのか」

「さすれば罪を贖いし後、腰を入れて御公儀の御為に働きましょうぞ」

「埒もない」

信明の訴えを定信は一蹴した。

「されど越中守様、今ならば淑姫様の御誕生の恩赦ということで上様に御慈悲を請い奉ることも可能なのではございませぬか」

「こやつ、二度まで言いおるか」

食い下がった信明を、定信はじろりと見下ろす。

竜之介が呼ばれる前にも、同じことを提案したらしい。

「とにかく徳次郎は引き回しの上、獄門に処するより他にない。差口奉公は長谷川めが得意とする一手なれど、こたびばかりは差し許せぬ。将軍家の御威光を汚せし慮外者を助命致さば我ら両名ばかりか上様まで、天下の笑いものにされるは必定ぞ」

「越中守様……」

「これだけ食い下がれば気が済んだであろうが、伊豆守」

家斉まで持ち出され、弱腰となった信明に定信は語りかける。

今し方までと一転した、穏やかな声だった。

「おぬしはようやった。長谷川に申し開きも立つはずだ」

「な、何を仰せに」

「あやつに懇願されてのことに相違ないと、おぬしから話を切り出されて早々に察しがついたぞ。まだまだ若いの、伊豆守」

「……お見それ致しました」

信明はがっくりと頭を垂れた。

それを尻目に、定信は竜之介に視線を戻す。

「勝負あったな」

竜之介は黙って一礼した。

定信は踵を返し、上席に膝を揃えた。

「ふむ、茶が冷めてしもうたか」

文机に置かれた碗は、ほとんど口を付けた様子がない。見れば信明も同様だった。

「宜しければ、それがしが煎じさせて頂きまする」

竜之介は思わず申し出た。

信明は元より、定信にも一服を献じたい。それぞれの主張の是非はどうあれ、目(ま)の当たりにした二人の労をねぎらいたい。そんな心境に至っていた。

「されば頼むか。相伴(しょうばん)致せ、伊豆守」

「ち、茶にございまするか？」

「風見が手際は、上様も御気に入りぞ」

「左様にございましたのか……」

信明は戸惑いながらも頷いた。

老中であっても奥勤めではないため、竜之介が茶を煎じるのを特技とすることを今まで知らなかったのだ。

「しばしお待ちを」

御用部屋を退出して控えの間に急ぐ竜之介は、定信が徳次郎に極刑を望む真の理由を知らない。

奪われた御刀が戻らなかった時は徳次郎に濡れ衣を着せ、武井主馬の屋敷から盗み出したことにして、御咎めなしとする。

もちろん竜之介自身ではなく、その腕を今後も活かしたい家斉が要望したことだ。

その望みをどうやって実行すべきかと思い悩んでいた定信に、信明は徳次郎の助命を願い出たのだ。怒りを買ったのも無理はない。

だが、定信自身も気づいていないことがある。

徳次郎に濡れ衣を着せるのもまた、道理ならざる所業だという事実を――。

七

好天は夜になっても続いていた。

下城した定信は早々に湯を浴び、夕餉を済ませた。

膳を下げさせ、書見台（しょけん）の前に座る。

今夜は疲労よりも高揚感が勝（まさ）っており、まだ眠くはならない。

信明を説き伏せ、徳次郎を極刑に処することに同意させたからだ。

正式には評定所で三奉行に目付らを交えた合議を行い、将軍の承認を経た後のことだが、係の老中の信明から内諾を得た以上、もはや決まったも同然であった。

残るは御刀の件である。

竜之介が首尾よく取り戻してくれれば問題ないが、楽観をしてはなるまい。

御刀を奪った曲者が何をするのかは、おおよそ察しがついていた。

一番にあり得るのは主馬の辻斬りを暴き立て、将軍家を脅すこと。

鞘に納めた状態では分からぬことだが、奪われた御刀の鎺(はばき)には十三蕊の三つ葉葵が彫られており、柄(つか)を外した茎(なかご)の表にも同じく家斉の御家紋がある。

将軍職に就いたばかりの家斉が浮かれて所望した、細工そのものは見事な出来だ。

しかし御家紋の入った細工物は、故なく所持するだけで罪に問われる。

盗品を将軍家御用の荷と偽って運ばせた徳次郎にも増して、重い罪だ。

もちろん金に替えるのもそのままでは不可能であり、首が飛ぶのを覚悟で御家紋を削り落とし、売りに出しても得るものは少ない。五年前に佐野政言が田沼意知を襲撃するのに用い、切腹に処された政言が世直し大明神ともてはやされると共に馬鹿げた値上がりを続ける一竿子忠綱(いっかんしただつな)に比べれば、儲けは話にならない額だろう。

とすれば、脅しのネタしか使い道はあるまい。

もしもの時は毅然と応対し、素性を突き止めて根絶やしにするのみだ。

始末は竜之介がすべきだろう。

影の御用を再び仕損じず。その時まで生き長らえていれば、だが——。

「越中守様」

思案しながら書見をしていた定信に、訪いを入れる声。

女の声、それも落ち着いた響きだった。

「この時分に何用か、先生？」

「まぁ、まだ宵の口でございまするのに」

ころころと笑う声に続き、廊下に面した障子が開いた。

敷居を越えた女人（にょにん）は四十絡み。髪を剃り落とし、丸坊主にしている。

整った目鼻立ちながら、美女とはまた違った趣（おもむき）である。

譬（たと）えて言えば、平賀源内が手がけた西洋婦人の絵に似ている。特注のかもじでそれらしく装えば、容易く化けることもできるだろう。

名は咲夜（さくや）。昨年に定信が御所造営のために上（のぼ）った京の都で知り合い、大奥の女たちに源氏物語を学ばせる教師として、江戸に呼んだ源氏読みである。

神君家康公は源氏物語を武家の棟梁にして征夷大将軍となる資格を有する、徳川家を含めた源氏一門の物語と定義づけ、生前にこよなく好んだ。

そのため歴代将軍も愛読し、松平の各家を始めとする大名たちにも源氏物語を愛読する風潮が生まれた。定信は十六歳の時、夕顔の帖に材を得て詠んだ歌が公家の間で評判となり、左近衛権少将の官位にちなんで「夕顔の少将」と呼ばれていた。

「身共への講義は無用にござれば、お引き取りくだされ」

「つれないことを仰せになられず、ご一献いかがです？」

見れば、咲夜は酒器を載せた盆を持っている。

「もう遅うござるぞ。それに身共は、酒を生のままでは口に致さぬ」

「ご安心なされませ。越中守様のお好み通り、黒豆のお汁で割ってありまする」

「左様か……」

わざわざ手間をかけてくれたのを、無下に追い帰すのは忍びない。

その笑顔に魅入られて、許したわけではなかった。

八

火盗改の取り調べが終わったことで、徳次郎の身柄は小伝馬町の牢屋敷に移されて久しい。一味の残党である風神雷神天神の異名を取った三人を以てしても、手を出し難い状況であった。

「どうするんだい、卯之。ぼやく暇があるなら酒でも買ってきな」

「うるせぇぞ、多吉兄い」

「銭がねぇよ。伝八兄いは持ってるかい？」

「こっちも素寒貧だ。最後の稼ぎは出刃を揃えるのに遣っちまった」

「けっ、さばくカモもいねぇのに無駄遣いをしやがって」

「仕方ねぇだろ。小旗本も御家人も用心して、近頃はこっちの顔を遠くから見ただけで逃げ出すようになっちまったんだからな」

「調子に乗って派手にやり過ぎちまったみてぇだな。兄い、どうしてくれるんだい」

「ばかやろ。あれだけの稼ぎが残ってねぇのは、お前の女郎買いのせいだろが」

「二人とも止めとけよ。無駄に腹を減らしたって、何にもならねぇぞ……」

いがみ合う多吉と卯之助を、伝八はため息交じりに止める。

ねぐらにしている荒れ寺の庫裏に寝転がり、男たちは腐っていた。

元より住職もおらず、入り込むのは食い詰めた無宿人ぐらいのもの。捕まえても銭など持っていないとあって、近頃は見かけても放っておく。構わずにいても勝手に飢えて死ぬのが殆どで、そろそろ腐臭に悩まされそうなのも頭が痛いことだった。

「……誰か来たぞ」

伝八が片方の目を吊り上げた。

今日もまた、雨露を凌ぐ場所を求めて迷い込んだ者がいるらしい。

「足音が軽いな。こいつぁ女だ」

「女だって」

伝八の呟きに卯之助が反応した。

「止めとけ卯之。どうせ蚤（のみ）と虱（しらみ）だらけだぞ」

「ただなら夜鷹より得ってもんよ。ばばぁだろうと構うもんかい」

「けっ……その夜鷹にも、でかぶつ過ぎて逃げられたくせに」

毒づく多吉に構うことなく、卯之助は庫裏から出ていった。

探す相手が見つかったのは、軋む廊下を渡った先の本堂だった。

本尊も失せて久しい本堂の中に立つ、僧衣の後ろ姿は艶（あで）やか。

「お前さん、比丘尼（びくに）かい？」

「へっへっへっ、こいつぁいいや」

卯之助はずかずかと本堂に踏み入った。

「どうせ本物の尼さんじゃあるめぇが、この哀れな衆生のために、ちょいと極楽浄土を覗かせてくんねぇ。もちろんお前さんにも拝ませてやっからよぉ」

下卑た声で語りかけつつ、太い腕を伸ばす。

次の瞬間、巨体は床に叩きつけられていた。

「卯之、どうしたっ」

多吉が本堂に駆けつけた。

伝八は無言で相手を見やり、着流しの懐に忍ばせていた出刃を抜く。

「およしなさい。私は、そなたたちの敵ではありませぬよ」

呼びかける女の声は朗々としていて、よく響く。既に音響の効果も失せた、すきま風が吹き込むばかりの、荒れ寺の本堂だとは思えなかった。

「だったら何でぇ?」

「敵の敵は味方と言うではありませぬか。私は松平越中守に恨みを持つ者です」

「越中守って……ご老中の更に親玉の、しゅざってやつのことかい?」

「左様。老中首座の松平越中守定信が私の憎き仇なのです」

「で、俺たちに何の話があるんだい」

戸惑う多吉に代わって伝八が問いかけた。

「そなたたちは天領の村々から鉄砲を盗んだのでしょう。それも幾十、幾百と」

「てめぇ、どうしてそれを！」

「ほほほ、語るに落ちましたね」

思わず叫んだ伝八を、女は笑い飛ばした。

「このアマ」

伝八が出刃を振りかぶろうとした。

「お待ち！」

尼僧になりすました女——咲夜の声は貫禄十分。

数多（あまた）の修羅場を潜った男たちをも、凍りつかせる程だった。

咲夜は小半刻とかからずに、三人を説き伏せていた。

「そうですかい。お頭……徳次郎に鉄砲を揃えてくれって頼んできなすった旦那は姐（あね）さんの兄貴だったと」

「左様。お代は間違いなく、徳次郎さんにお渡ししたとのことです」

「やっぱりか。あの野郎、どこかに隠しやがったな！」

「困ったお人ですね」

いきり立つ多吉を宥める咲夜の口上は、九割方が偽りである。

「こうなりゃどうあっても徳次郎を連れ出して、口を割らせにゃならねぇぞ」

騙されていると気づかぬまま、多吉は他の二人に向き直った。

「そうは言ってもよぉ、あの牢屋敷にどうやって入ればいいんだい」

「こいつぁ至難だぞ、風神」

困った顔の卯之助に続いて呟く伝八は、多吉の異名を口に出していた。

盗賊の二つ名は余人に知られてはならぬもの。顔と名前を覚えられては本名を隠す意味もない。にもかかわらず口にしたのは、咲夜の語りに取り込まれていたからだ。

源氏物語の講釈を生業とする咲夜は、人の警戒心を除き、騙し、自分が望む目的に向かって突き進ませるのを可能とする。声の響きと巧みな語り、そして相手を乗せる虚言の数々によって操るのだ。

「ご安心なさい。打つ手はちゃんと考えてありますよ」

「ほんとですかい？」

たちまち多吉が食いついた。

卯之助と伝八も、じっと咲夜の目を覗き込む。

これもまた、咲夜にとっては好都合。

「松平越中守は近日中に、小伝馬町に参ります」

「牢屋敷に、ご老中の親玉が……？」

「それも格式張った視察ではありません。お忍びで、徳次郎の人となりを見極めに足を運ぶそうですよ」

「どうして分かるんですかい、姐さん」

「ほほほ。左様に仕向けたからですよ」

咲夜は楽しそうに笑って見せた。

多吉に問われて答えた通り、定信は牢屋敷を訪れる気になっていた。

杯を重ねさせ、適度に酔わせながら暗示をかけたのだ。

それは酔った定信の愚痴に乗じた策だった。

腹心の一人である信明に逆らわれた定信は言い負かしはしたものの、徳次郎がどれ程の男なのか気になっていたのである。

どのみち極刑に処するにせよ、その人物を見極めたい。

定信の中に生じた、ほんのわずかな好奇心を咲夜は増幅させたのだ。

新参者の老中である信明でも露見すれば問題視される行動を、首座の定信が取ったとなれば大問題。

軽はずみにも程があると非難され、下手をすれば失脚にまで繋がりかねない。

それも定信が生き長らえたら、の話である。

「私は町方与力に伝手があります。強請りたかりに及んだことを悔い改め、自訴して出たい者たちがいると吹き込んで、入牢の手続きを取らせましょう」

「なるほど。越中　褌が小伝馬町にのこのこ来やがる日に合わせて、俺たちも……ってことでございやすね」

「ばかやろ。褌じゃなくて越中守だよ」

卯之助の言い間違いにすかさず多吉が突っ込んだ。

「ほほほほほ、あの男など褌呼ばわりで十分ですよ」

「言いやすねぇ、姐さん……」

笑い声を上げる咲夜を前にして、伝八は苦笑い。ひとたび咲夜を敵に回せば自分も同様に貶められることになるとは、想像もしていなかった。

九

弓香は昼下がりの八丁堀を歩いていた。

お引きずりに替えて纏っているのは、独り身の頃に愛用していた小袖と袴に頭巾。
女人にしては背が高いため、よほど注視しなければ男としか思われぬ筈だ。
昼寝をしている虎和を、篠に預けた上のことである。
竜之介が奥小姓の当番で登城している間に手がかりを摑み、愛する夫を助けたい。
その一念で始めた行動だった。
怪しいと弓香が目を付けた相手は定信。
しかるべき根拠があっての疑いだ。
竜之介が主馬を討ち、御刀を回収するために出向いたことを事前に知っていたのは
密命を下した家斉と、影の御用でも将軍を補佐する定信のみ。
家斉の口から話が漏れたとは考え難い。
とすれば火元は定信だ。
自分が完璧と思い込んでいる者ほど、脇が甘いものである。
定信もその一人だろうと、弓香はかねてより見なしていた。
人を見る目が厳しいようでいて、どこか隙を感じる。
竜之介のようにお人好しだからではなく、日頃の警戒心が強すぎる反動で、身近な
者に依存をしていそうなのだ。

弓香が足を運んだのは、八丁堀の白河藩上屋敷。

今日は軽く探りを入れるにとどめ、日が沈む前に西の丸下の屋敷にも足を延ばしてみるつもりであった。

「ん……！」

弓香は急に足を止めた。

通りの向こうから、見た覚えのある顔が近づいてくる。

春を売るのを生業とする比丘尼にしては貫禄があり、本物の尼僧にしては纏う気配が剣呑すぎる。

凡百の武士が足元にも及ばぬ天与の才を修行で磨き、鍛え上げた剣客の勘があればこそ察したことだ。他の者では、まず気取れまい。

「いやはや、とんだ羅刹女じゃ。人様の財と魂を、呆れる程に絞り取っておるぞ」

とぼけた口調の、それでいて隙のない間合いで呼びかける声がした。

「ち、父上にございましたか」

「妙なところで会うたのう。何じゃ、そんな懐かしい形をして」

驚く弓香に答えながらも、多門は共に物陰に身を潜ませる。

胡乱な僧形の女人は、そのまま通り過ぎて行く。

「似すぎている……」

　遠ざかる背中を見やり、弓香は呟いた。

「あの羅刹女が、どこの誰に似とるんじゃ？」

「忠さんが拐（かどわか）された折、岩本町でたまたま見かけた男です。木葉刀庵と称する人気者の太平記語りだと、帳助が言うておりました」

「その名は耳にした覚えがあるぞ。語りを聞いたことはないが、お大名や旗本で贔屓（ひいき）にしておられる方も多いらしい。確か松前様の江戸屋敷にも出入りをしておるとか」

　弓香の話を補いながらも、多門は怪訝そうな面持ち。

「で、それほどまでに似ておったのか」

「はい。双子のごとく瓜二つとまでは行かずとも、目鼻立ちに顔の造り、体つきまでそっくりでした」

「さすれば兄妹……年子（としご）かのう」

「左様に判じるべきでしょうね……ところで父上、どうしてまた八丁堀に」

「白河藩で江戸詰めをしとる昔馴染みと一局、手合わせをした帰りじゃよ」

「まぁ、真ですか？」

　道理で近くにいたわけである。

「一緒に槍を学んどった、若い頃の道場仲間じゃ。将棋はヘボだが下手の横好きってやつでな。暇さえあれば、わしのことを呼び出しおる」

「されば父上は、あのお屋敷のご内情にもお詳しいのですね！」

「どうしよったんじゃや、藪から棒に？」

「帰った上でお話し致します。今日のところは引き揚げまするぞ」

「う、うむ」

「さ、お早く!!」

「これ、もそっと女らしゅうせんか」

多門はぐいと腕を摑まれ、戸惑いながらもついていく。

あの咲夜と刀庵が年子というのは、多門が判じた通りである。

しかし老練の士の慧眼を以てしても、毒婦の企みまでは見抜けなかった。

咲夜は既に、寄宿先である町方与力の一家を籠絡済み。

明日の午後には、牢屋敷への手配も調う。

新たな手駒と化した三人の盗賊を利用して、今度こそ定信の一命を断つ。

それは亡き意次と意知の復讐を切に望む、咲夜の狙い。人を操り、破滅させることを日常の喜びとしながらもごまかせない、果たさずにはいられぬ悲願であった。

十

牢屋敷の二間牢は、無宿人専用の雑居房である。

無宿人は、御府外から流れてくる者ばかりではない。

遊蕩や喧嘩が過ぎて家族に縁を切られ、戸籍に当たる人別から名前を抹消されて帳外れと言われる境遇に陥る者たちは、実は江戸っ子にも多かった。

そうした江戸無宿の輩は街道筋にて御用となり、小伝馬町送りにされた無職渡世の博徒を頭から馬鹿にして、平気で百姓呼ばわりをする。

しかし、徳次郎に同じ真似をしたのは軽率であった。


「兄い、どうぞ」

徳次郎の物相に、箸で摘んだ飯がちょんと盛られた。

朝夕ともに代わり映えのしない麦の交じった飯だが、ほんの一口でも分けて貰えるのは牢屋暮らしではあり難い。

「はい、徳次郎さん」

「ほんの気持ちですみやせんね」

他の面々も同様に摘んで寄越し、徳次郎の物相は山盛りになった。

入牢するなり徳次郎を取り囲み、ご牢内のしきたりとうそぶいて私刑にかけようとした古株の連中を、まとめて叩きのめしてからのことである。

山と積ませた畳の上でふんぞり返っていた牢名主も、徳次郎に足を摑んで引きずり降ろされ、一撃でのされてからは大人しい。

今も牢の一角に固まり、こそこそと物相飯を口に運んでいる。

これまで痛めつけてきた平の囚人たちと同じ扱いを受けるに甘んじて、特別扱いをされる徳次郎に文句一つ言えずにいた。

そんな牢名主と取り巻きの連中に向けられる、他の囚人たちの視線は冷たい。

「ざまぁねぇぜ。兄いが来てくだすって、ほんとに助かりやしたよ」

「飢饉でみんな死んじまって、地獄に仏なんて絵空事だと思ってやしたが……ほんとのことだったんでございやすねぇ」

いち早く食事を終えた囚人たちが、口々に語りかけてくる。

いずれも暴力沙汰で御用にされた、無宿人ながら腕っ節の強さにはそれぞれ覚えのある面々だ。

江戸市中で物乞いが禁じられて以来、無宿人は次々に飢えて命を落としている。

真っ先に犠牲になったのは国許に帰るどころか、野宿に耐える体力も残っていない年寄りや病人、子供らだ。

誰も好んで仲間を死なせたくはない。

しかし、生かすためには食い物が要る。

施しを受けられず、稼ぐ仕事も得られぬとあれば、力ずくで奪うしかなかった。

そんな経緯で盗みやかっぱらいを働き、捕まえようとした自身番の若い衆や辻番に殴り返した男連中が御用にされて、二間牢に放り込まれた。

同房になったのは、食うに困ってもいないのに帳外れとなった江戸無宿ども。体力に劣るがゆえに太刀打ちできず、不当に蔑まれ、痛めつけられていたのである。

感謝しきりの囚人たちも今は口を閉ざし、徳次郎の食事の邪魔をしていない。

感謝の眼差しを受けながら、黙々と箸を動かす徳次郎は無表情。

礼を言われる理由など、最初からありはしない。

ただ自分のために、降りかかる火の粉を払っただけなのだ。

「……ちっ」

牢名主は舌打ちをするばかり。

張り飛ばされた時の痣は、まだ青々としていた。

徳次郎は牢名主を降参させても、取って代わろうとまではしなかった。

その代わり、以前のごとく幅を利かせることは許さない。

牢名主が独占していた畳は元の位置に戻され、全ての囚人が平等に使っている。

二間牢がこれまですし詰めだったのは、牢名主と取り巻きの連中が不当に広く場所を取り、平の囚人たちを隅に追いやっていたのが原因。座って半畳寝て一畳とまではいかずとも、以前と比べれば格段に過ごしやすい。

夕餉が済んだら、後は寝るだけだ。

牢番の下男(しもおとこ)が飯と汁の器を回収するのを待って、囚人たちは布団を敷く。畳と同様に牢名主と取り巻きどもが独占できなくなったため、体を冷やして命を落とす不幸な者が出ることもないだろう。

元より劣悪な環境であっても希望を持てば、心身ともに強くなれる。

いまや徳次郎は囚人たちにとって、救いの神にも等しい存在だった。

第四章　破邪(はじゃ)の双弓(そうきゅう)

一

翌日の午後、定信は下城して早々に西の丸下の屋敷を出た。

乗物も馬も用いずに、一人で歩いて小伝馬町に出向いた。

黙々と道を行く定信の装いは、質素な木綿の小袖と袴。小袖に重ねた羽織は無紋。

大小の刀も黒鞘の地味な拵(こしらえ)を選び、なりすましたのは江戸詰めの白河藩士だった。

無宿人への対策を重んじる主君の定信の命(めい)により、二間牢を視察する。牢内の無宿人たちに言い分があれば聞き取って定信に報告し、今後の政に反映して頂くと偽れば牢屋同心にも怪しまれまい、徳次郎の顔を牢格子越しに拝んで帰るのみならず、話をすることも自然にできるというものだ。

藩士を装ってお忍びで訪問することを、定信は牢屋奉行にのみ事前に伝えた。

信明に続いて定信まで同様の申し入れをされたとあって困惑されたが、全ては御用のためと主張し、咎めがあれば自分が責めを負うと言って説き伏せた。

石出帯刀と代々名乗る牢屋奉行は町奉行の配下で役高は三百俵十人扶持。肩書きは奉行だが与力格で、元より老中の要望を拒める立場ではなかった。

定信は無用の止め立てを避けるため、南北の町奉行には何も明かしていない。

視察を済ませたら早々に引き揚げる、何の問題も起きぬのだから内密に致せと念を押す定信に、帯刀は異を唱えることができなかった。職権の濫用と自覚しながら定信が無理を通したのは、信明を得心させたいと望むがゆえのことだった。

信明は自ら牢屋敷まで足を運んだ上で、徳次郎は格別の御慈悲を以て救うに値すると確信し、定信に嘆願するに踏み切ったという。

言い負かしはしたものの、定信が徳次郎の実像を知らないまま極刑に処せば、信明は本心では納得すまい。根に持たれ、後から反抗するきっかけにされては困る。

信明は定信にとって、使い勝手のいい手駒だ。

勤勉な定信といえども身は一つ。全てを一人でこなすことが叶わぬ以上、御政務を割り振ることが必須である。

定信を除く四人の老中で信明は最も若い。経験も思慮も足りない。それでいいのだ。なればこそ御しやすく、重宝するのだ。

信明は確たる信念など持たずともよい。手足となり、こちらの命ずるままに動いてくれさえすれば十分だ。己が考えは定信が職を辞した後、存分に発揮すればいい。

そんな信明が、自分以外の者によって動かされた。

関八州を荒らし回り、会符を悪用することで将軍家の威光を穢した盗賊の頭を助命したいと、長谷川平蔵にそそのかされて嘆願するに至ったのだ。

分をわきまえないにも程がある。火盗改の加役を仰せつからなければ泰平の世には無用の先手弓頭が、老中首座たる定信の手駒を勝手に動かすとは何事か。

「おのれ、忌々しい人たらしめ……」

口の中で呟く定信は汗塗れ。梅雨入り前の日差しは思った以上に強かった。

笠を用意せずに出かけたことを悔いても遅い。噴き出す汗が襦袢を濡らし、着衣にまで染み出ていたが、定信の足は止まらない。

真刀小僧こと徳次郎は出過ぎた真似をした平蔵への懲らしめも兼ね、断じて極刑に処さねばならない。そのために信明のみならず、定信も納得する必要がある。徳次郎と直に接し、やはり救うに値しない悪党だったと見極めて、改めて信明を説き伏せるのだ。押さえ込むのではなく、実感を込めた言葉で以て思い知らせるのだ。

先を急ぐ定信は、着々と間違いを犯そうとしているのを自覚していない。源氏読みの才女と見込んだ咲夜に策を弄され、蜘蛛（くも）の巣に自ら捕われようとしていることに気づかぬまま、黙々と歩みを進めていた。


定信の行く手に牢屋敷が見えてきた。

土塀と堀に囲まれた屋敷地は、およそ二千七百坪。

日の本で最大の牢獄は守りも固い。

土塀は八尺で堀は七尺と、六尺豊かな大男でも届かぬ程に高く、深い。

門を潜った先の獄舎は三つ。牢は囚人の身分と性別で分けられ、看守の同心と下男（しもおとこ）が詰める番所に尋問の場である穿鑿所（せんさくじょ）、老中の認可の下に使用される拷問蔵と死罪場に加えて、牢屋奉行の屋敷も同じ敷地内にある。配下の同心五十人と下男三十八人が暮らす長屋も設けられていた。

警戒厳しい表門の前に立った定信は、静かに息を調える。

老中、それも首座にあるまじき行動なのは分かっていた。

それでも定信は確かめたい。

真刀小僧こと徳次郎とは、どれ程の人物なのか。

この目でしかと見極めなければ信明に向けて、真に説得力を持つ言葉は紡(つむ)げまい。

「松平越中守が家中の者にござる。手前あるじの命(めい)により参上致した」

門番の下男に告げる定信の声は緊張を帯び、引いたはずの汗が背中に滲んでいた。

二

無宿人専用の雑居房である二間牢は、大きな獄舎の東と西の端に二つある。

徳次郎が収監されているのは西の二間牢だ。

「お前さんも災難だな。こんなとこに差し向けられてよ」

案内役の牢屋同心は先に立って歩きながら、苦笑交じりに告げてきた。白河藩士と思い込んだ定信に同情するようでいて、どこか楽しんでいるように見える。

二人が歩いているのは鞘土間(さやどま)と呼ばれる、獄舎の通路。

この鞘土間に面して連なる牢の中には厠(かわや)があり、キメ板と呼ばれる蓋がされているだけなので、糞尿の臭いが絶えず漂う。

目指す西の二間牢の手前に設けられた女牢と西の大(おお)牢も雑居房で、共にすし詰めになっていた。入浴どころか顔も満足に洗わせて貰えぬため、人いきれも加わって芬々たる有様だ。

「どうだい、思ってたより臭えだろ？」

中年の牢屋同心は、女牢の前でも平気でそんなことを言う。垢じみた顔の女囚たちが牢格子の向こうから睨みつけても、全く意に介さない。

「流石は越中守様のご家中だ。辛抱強いこった」

「……………」

「くっくっくっ」

黙して歩む定信をよそに、中年の同心は思い出し笑いをした。

「こないだ来た吉田藩の若えさむれぇにゃ、お前さん程の堪え性はなかったよ。この臭いにやられちまって、足をふらつかせてやがったっけ」

「……冗談でござろう」

「そいつの振る舞いこそが冗談みてぇだったよ」

「……士分たる身で、情けなきことにござるな」

「ま、今日びの若い奴はそんなもんよ。これも当世風って言うのかね」

肩越しに見せた同心の貌には皮肉な笑み。信明はよほど醜態を晒したらしい。

素性を知られていなくても、下々（しもじも）に弱い姿をさらけ出すのは恥というもの。

やはり信明は甘い。

定信まで同じ轍（てつ）を踏むわけにはいかなかった。

「もうちっとの辛抱だ。ま、どこに行っても臭えのは同じだけどな」

「……」

ふざけた態度から察するに、こちらが老中首座とは夢にも思っていないらしい。

牢屋同心は二十俵二人扶持の軽輩で御目見以下。家斉は元より定信とも直に接する機会を持ち得ぬ立場では、見覚えがないのも当然だった。

二人は大牢の前を通り過ぎた。

「こっから先が西の二間牢だよ」

「左様にござるか。ご案内、痛み入る」

「いいってことよ。しっかり検分してってくんな」

「かたじけない」

牢屋同心に礼を述べ、定信は牢格子に歩み寄る。

牢の中には畳が均等に敷かれており、一枚につき囚人が二人か三人ずつ、膝を崩しながらも神妙な面持ちで座っている。漂う異臭は同じであっても、他の牢には見出せない規律があるのだ。

　定信は思わず目を見開く。予想に反する光景に驚きを隠せなかった。

「大したもんだろ。こうなったのは真刀小僧、徳次郎が来てからのこったよ」

「徳次郎が、でござるか？」

「ちょうど吉田藩の若えのが来たのと同じ日のこったがな、入牢して早々に牢名主を一撃でのしちまって、取り巻きの牢内役人も大人しくさせちまったのさ」

「何と……」

「ところが後を引き継げってお奉行が再三命じなすっても徳次郎の奴、そんな役目は性に合わねぇって言うばかりでな。仕方ねぇから牢名主も牢内役人もそのままにしてあるんだが、どいつもこいつもご覧の通り、金玉が縮み上がってる有様でな」

「……大したものだな」

　牢屋同心の言葉に、定信は納得した面持ちで頷いた。

　信明がお忍びで牢屋敷を訪れたと明かした際、牢屋奉行の恥になると言って詳細を略した理由は、そういうことだったのだ。

　牢屋奉行は二間牢と大牢で適任と見なした囚人一名を牢名主、数名を補佐役の牢内役人に任命し、平の囚人たちの監視をさせる。牢内で喧嘩や自害、暴動といった不祥事が発生するのを未然に防ぎ、牢内の規律を守らせるためであった。

しかし西二間牢の牢名主と牢内役人は与えられた立場を笠に着て、自分たちが楽に過ごすだけのために、他の囚人たちを虐げていたのだろう。

誰が該当するのかを牢屋同心に確認せずとも、見れば察しはつく。

定信が向けた視線を咄嗟に逸らした数人は、いずれも顔に殴られた痣がある。一際大きい痣があるのが、一撃でのされたという牢名主らしい。

ふと、定信は一人の囚人と目が合った。

端整な顔は色白で、垢じみながらも凛々しい雰囲気。まだ三十前と見受けられたが侮れぬ貫禄を漂わせ、毅然と定信を見返していた。

間違いない。この男が、徳次郎だ。

「おぬし……」

呼びかけようとした定信の後ろから、複数の足音が近づいてきた。

「おや、新入りかい?」

牢屋同心が怪訝そうに声を上げた。

「ああ。本所で強請りたかりを重ねてやがった江戸無宿の奴らだよ」

慣れた様子で答えたのは牢の錠前を管理する鍵役同心。罪人を連行してきた町奉行所の役人が持参の入牢証文を確認した上で、身柄を受け取ったのである。

浅葱色の獄衣に着替えさせられ、数珠つなぎにされた囚人は三人。同行した下男は縄尻をしっかり握り、逃げられないように警戒している。

定信は黙って脇に退き、入牢の邪魔にならないようにした。

鍵役同心が錠前を外し、格子戸を開く。

「入牢の者三名、受け取れい」

「へいっ！」

同心の呼びかけに応じたのは牢名主。先程までと一変し、表情が明るい。

牢入りの際は語尾をわざと伸ばし、重苦しい雰囲気を出すことで新参者を恐れ入らせると定信は聞いた覚えがあるが、牢名主は別れて久しい友と再会したかのように嬉々としている。

「江戸無宿、三次」

「同じく長太」

「同じく梅松」

順番に名乗る三人組は小柄ながら手足が太い小男に細身の色男、筋骨逞しい大男という顔ぶれである。体格こそ異なるが、一癖ありげなところは同じだった。

牢名主は喜びに頬を緩め、黄ばんだ歯を覗かせていた。

「さぁ来い、さぁ来い、まけてやるぞ」

弾んだ声で告げたのは、新しい囚人を迎える際の決まり文句。最後の「まける」は
キメ板で尻をぶっ叩く、新入りいじめの儀式を勘弁してやるという意味だ。

定信の視線を避けて俯いていた牢内役人たちも一転し、三人が牢に入ってくるのを
笑顔で見守っている。

殿(しんがり)の大男が入牢するのを待って、鍵役同心が錠前を締めた。

「ま、見てなよ。下剋上(げこくじょう)が始まるぜ」

下男を連れて引き揚げていく同僚を尻目に、牢屋同心は笑みを浮かべる。

大層な言い方に定信は顔を顰(しか)めた。

その言葉を囚人の勢力争いごときに用いては、戦国乱世に命懸けで鎬(しのぎ)を削った武将たちに失礼というものだ。

幼い頃から読書家の定信は、軍記の類にも接してきた。

家斉ほど耽溺するには至らずとも古(いにしえ)の戦いを制した勝者に学び、敗者を貶めることなく鎮魂の想いを抱くのは、武門の家に生まれた身の習いと自覚していた。

「こいつらが相手じゃ徳次郎も危ういな。三日天下よりは続いたが、盛者必衰(じょうしゃひっすい)は世

の習いってことかい」

　定信の心中を意に介さず、同心は楽しげに呟いた。

　ここで平家物語の一節を持ち出すのも、不遜と言わざるを得まい。

　止(や)まぬ同心の軽口に、定信の表情は更に厳(いか)めしさを増していく。

「しっかりやんな、徳次郎」

　壇ノ浦の波間に果てた平家の武者たちの怒りを宿したかのような面持ちに、牢内の成り行きに興味津々(しんしん)の同心は気づいてもいなかった。

三

「ようよう、同じ江戸無宿のよしみで助けてくれよう。こないだっから、あの徳次郎って上州の百姓が幅ぁ利かせてやがってな、俺たちゃ立つ瀬がねぇんだよ。御放免になったら礼にどっさり差し入れするから、ギッタギタにしちまってくんねぇか？」

　牢名主は身振り手振りも大袈裟に、新入りの三人を煽(あお)り立てていた。

　しかし、三人は誰も答えない。

　返事の代わりに小男――多吉が太い腕をぶんと振るった。

牢名主が壁に叩きつけられた。

ずるずると崩れ落ちた牢名主は、首が不自然な角度に曲がっている。

信じ難い剛力を目の当たりにし、牢屋同心は絶句する。

定信も怒りの形相から一転して、目を見張っていた。

「応援を呼ぶ。お前さん、すまねぇがここを頼む！」

牢屋同心はそう告げるなり、だっと駆け出した。

「牢名主様ぁ」

「だめだ、首の骨が折れちまってる……」

牢内役人たちが悲痛に声を張り上げた。

「四の五の言うない。ぶんぶんうるせぇ蝿を、ちょいと叩いただけじゃねぇか」

「そもそも俺たちが江戸無宿ってぇのは嘘っぱちよ。実を明かせば、俺も兄いたちも上州生まれの百姓だ。江戸に来て早々に喧嘩を売ってきやがった奴らから着物と懐中物を頂戴したついでに、名前も貰ってやったのよ」

事もなげに呟く多吉に続き、卯之助が得意げにうそぶいた。

多吉らが返り討ちにした地回りたちは、背格好が三人とよく似ていた。その三人が悪事を重ねたことを悔いて自訴して出たと咲夜は装わせ、手駒の与力の権限で小伝馬町送りにさせたのだ。

「文句あんのか、ええ？」

卯之助は歯を剝いて牢内役人たちを威嚇する。

残る一人の伝八はどうやって牢内まで持ち込んだのか、二本の出刃を上に放っては受け止め、楽しそうに弄(もてあそ)んでいた。

定信は牢格子の前に立ち尽くし、茫然とするばかり。

もはや視察どころではない。

同心と下男の一団が鞘土間を駆けてくる。

「おい、そいつは何だ！」

伝八の出刃に気づいた牢屋同心はいち早く、牢格子に詰め寄った。

「寄越せっ。さもねぇと引きずり出すぞ！」

一喝した瞬間、その胸に出刃が突き立つ。

「言われた通りにしてやったぜ。一本だけだが、受け取んな」

鞘土間に崩れ落ちていく牢屋同心を前にして、伝八はうそぶいた。

残る一本の出刃を振りかぶり、狙いをつけた相手は徳次郎。

跳びかかろうとした体勢のまま、徳次郎は動けない。

「久しぶりだなぁ、お頭。いや、徳次郎」

「お元気そうで何よりでござんした。お勤めご苦労さんでございやす」

動きを取れなくされた徳次郎に、多吉と卯之助が歩み寄った。

「お前ら、こんなとこまで何のために来やがったんだ」

負けじと徳次郎は睨み付ける。

「へっへっ、やりてぇことなら決まっておりやす」

「俺たちの用向きは大宮で別れた時から変わっちゃいねぇよ。お前さんがねこばばしやがった金の在りかを、とっとと教えて貰おうか」

「そんなものは最初っからありゃしねぇよ。何遍も言っただろうが？」

「へっ、まだ白ぁ切るつもりか」

多吉が呆れた顔で徳次郎を見返した。

「どうあっても教えて貰うが、そいつぁ先の相談だな。早いとこ、こっからおさらばしようじゃねぇか」

「逃げるだと？　一体どうやって……」

言いかけた徳次郎が絶句した。

卯之助が牢格子の中から諸手を伸ばし、立ち尽くしたままの定信を摑まえていた。

人質を取られてしまっては、同心と下男たちも動けない。

「おのれ！　離さぬかっ」

我に返った定信は負けじと抗った。

しかし、卯之助は鼻で笑うばかり。

「幾ら暴れたって無駄なこった。大人しくしてな、越中褌」

「ふ、褌だと？」

「へっへっ。そう呼ばれるのがぴったりだって、さる姐さんが言ってなさるのよ」

嘲りながらも卯之助は手を離さない。

帯前の脇差は鞘ごと奪われ、腕に覚えの柔術も動きを封じられては繰り出せない。

「徳次郎、このさむれぇが何者だか知ってるかい」

多吉が徳次郎に問いかけた。

「牢屋奉行様の先触れじゃ白河藩のさむれぇってことだが、違うのか」

「大違いだよ。あれは天下の老中しゅざ、松平越中守様だ」

「老中首座だと？」

「へっへっ、老中どもの親玉なら人質に申し分あるめぇよ」

「てめぇら、大それた真似をしやがって……」

徳次郎の声は激しい怒りを帯びていた。

大宮宿の閻魔堂で平蔵と渡り合ったのは、子分たちを逃がすため。裏切り者の多吉と伝八、卯之助の三人も含めてのことである。

体を張って守ったというのに、どうして落ち延びずに追ってきたのか。

欲得ずくの行動なのは、多吉の口上でよく分かった。

いまだ徳次郎が一文たりとも受け取っていない、大口の鉄砲集めの報酬への執着を捨てきれずにいるのだ。

そんなことのために牢屋敷まで乗り込んで、無益な殺生を重ねるとは——。

四

「お頭、あんまり暗い顔をしなさんな」

多吉がにやりと笑って言った。

不気味な表情である。徳次郎呼ばわりから一転した理由も分からない。

「噂に聞いた小伝馬町の二間牢に入ってみて、俺はいいことを思いついたぜ」

「何を思いついたってんだ」

「ここにゃお誂え向きに、度胸も腕っ節もそこそこの奴らが雁首を揃えてる。ちょいと磨きをかけりゃ盗っ人として、十分ものになるだろうよ」

多吉は笑顔でうそぶいた。

卯之助は定信を押さえる役目を伝八に任せ、徳次郎の退路を巨体で塞いでいる。

「ひっ……」

「お、お助け……」

牢内役人たちは息絶えた牢名主をそのままに、怯えて縮こまっていた。

「こいつら、さっきから何を言ってやがるんだ……？」

「と、徳次郎さんを酷い目に遭わせたら承知しねぇぞ……」

平の囚人たちは負けじと身構えたものの、立ち向かうまでは至らない。

怒りの声を上げながらも、足の震えを先程から止められずにいた。

追い込まれた者たちを、多吉はにやつきながら見渡した。

「おい、何を値踏みしてやがる。真っ当な暮らしに戻れる奴らを盗っ人に仕立て上げようなんて、ふざけたことを考えるんじゃねぇ」

「別にふざけちゃいねぇよ。こちとら大真面目なんだがな」

「手前から真面目だって言う奴ほど、碌なことを考えちゃいねぇんだよ。おい風神、そいつらをそそのかした後の面倒まで、お前は見てやれるのか?」

「そいつぁ無理な相談だ。親分なんて俺の柄じゃねぇやな」

多吉はあっさり答えると、徳次郎に呼びかけた。

「こいつらのお頭に、ふさわしいのはお前さんだ」

「何……」

「もう一度、真刀小僧に戻りなよ」

「おい風神、さっきから何を言ってやがる……?」

「聞こえねぇのかい、お頭。こいつらを子分に加えてよ、お前さんに一味を再興してほしいってお願えしてんだよ」

顔も口調もふてぶてしい。人に物を頼む態度ではない。

だが徳次郎を更に怒らせたのは、そんな多吉の態度そのものではなかった。

「この野郎、馬鹿も休み休み言いやがれ!」

徳次郎は声を張り上げた。

「こいつらは死罪でも島流しでもねぇ、せいぜい敲で御放免の奴ばかりだ。この俺やお前らみてぇに引き回しや獄門にされるのが当然の、罪深え体じゃねぇんだぞ。まだやり直せる奴らをそそのかして、何が一味の再興だ!!」

「うるせぇな。相変わらず、よく響く声をしてやがる」

多吉が鬱陶（うっとう）しそうに言い返した。

「とにかく俺はそう決めた。なぁ、雷神と天神もそれで構わねぇよな？」

「ああ」

懐から奪った手ぬぐいで定信に猿轡（さるぐつわ）を嚙ませつつ、伝八が答える。

「ははは。俺も乗ったぜ、風神の兄い」

卯之助は嬉しげに笑いながらも、徳次郎への牽制を怠らずにいる。

「よし、話は決まったな」

徳次郎の答えも待たずに多吉は頷き、

「そうは言っても、出直すには先だったもんが入り用だ。こいつらには飯をたっぷり食わせて、存分に暴れて貰わにゃならねぇし……」

と呟きながら、居並ぶ囚人たちを見回した。

飯をたっぷりと聞かされて、平囚人の面々はごくりと生唾を呑む。牢内役人たちも危害は加えられないと分かり、一安心した様子であった。

「みんな乗り気みたいだな」

多吉は徳次郎に視線を戻した。

「なぁ、お頭。隠し金を俺たちに渡すのが嫌だってんなら、せめてこいつらのために吐き出してやったらどうだい？」

「……あれば俺も言う通りにしてやりてぇが、本当にとんずらされちまったんだよ」

答える徳次郎の声は弱々しい。

「おい若造、吝いのもいい加減にしやがれ！」

たちまち多吉はいきり立った。

「この期に及んで嘘なんざ言わねぇよ。最初の取引は小口だったのにやたらと気前が良かったのは俺たちを信用させて、数が揃った鉄砲をただ取りするのが狙いだったに違いあるめぇ。俺としたことが、あっさり騙されちまったんだよ」

徳次郎は絞り出すように答えていた。

「やれやれ、どこまでも強情だな……」

溜め息を吐く多吉は、徳次郎の言葉を信じようともせずにいる。

「白を切り通すんなら仕方あるめぇ。こいつらを仲間にすんのは諦めて、この場で皆殺しにしてやるよ」

「皆殺しだと？　無益な殺生もいい加減にしろい」

徳次郎の目がぎらついた。多吉たちが幾度となく目の当たりにしてきた、人を斬る時の眼差しだった。

「へっ、丸腰で歯が立つと思っててんのかい」

多吉は不敵に徳次郎を見返した。

「長脇差もなしに俺たち三人を相手取るのは、荷が重いにも程があろうぜ」

「……………」

図星を指され、徳次郎は黙り込んだ。

入牢して早々に叩きのめした牢名主と取り巻きの牢内役人程度であれば、まとめて相手にしても後れを取らない徳次郎である。

しかし多吉は一撃で首までへし折る、常人離れした腕っ節。

まして多吉より剛力の卯之助に丸腰で敵うはずがなく、出刃打ちを得意とする伝八も細身ながら腕っ節の強さは侮れない。

そもそも徳次郎は神道流の剣術を遣えても、小具足の心得はない。師匠だった浪人は刀の扱いこそ教えてくれたが、体術までは伝授してくれなかったからである。

介者剣術と呼ばれる実戦剣は、いくさ場で弓も槍も失い、手許に残る得物が刀だけとなった状態で敵を制圧し、首を取ることを前提とする。そこには相手を素手で組み伏せる、体術の併用が必須だった。

そんな介者剣術が廃れて久しい泰平の世では常着で刀のみを扱い、甲冑を着用しないため素肌剣術と呼ばれる技法が主流をなしている。徳次郎が師事した浪人は体術の伝授を惜しんだわけではなく、自身も会得できていなかったのかもしれない。防具を着けて竹刀で打ち合う撃剣にも足払いの応酬や体当たり、相手が竹刀を取り落としたら自分も素手となって組み討ちに移行し、面をはぎ取ることによって決着とする介者剣術の名残が見受けられるが、格闘戦の手練と渡り合うのは難しい。

「どうした若造? 返事をしねぇとこいつらをぶち殺すぞ」

多吉が徳次郎を威嚇しつつ、囚人たちを睨め付けた。

「ひっ……」

「徳次郎さん……」

怯えた平囚人たちが救いを求めて声を上げる。

牢内役人たちも安堵の面持ちから一転し、身を寄せ合って震えていた。

「……分かったよ、風神」

徳次郎は観念した様子で多吉に告げた。

「真刀小僧として約束する。越中守様にゃ申し訳ねぇが盾になって頂いて、みんなでここからおさらばしようじゃねぇか」

「頼りにしてるぜ、お頭」

にやりと笑って多吉は答えた。

定信は猿轡を嚙まされた上、牢格子に縛り付けられていた。

伝八が手ぬぐいに続いて取り上げ、拘束に用いたのは脇差の下緒。

両手首を後ろ手に縛られた定信は西洋の刑罰で街頭に晒された罪人のごとく、二間牢の正面に無理やり立たされていた。

「お下がりくだされ、お奉行」

「危険でございまするっ」

同心たちの騒ぐ声が大きくなった。

「ついに大将がお出でなすったかい」

伝八が定信を盾にしながら呟いた。

新たに駆けつけたのは半裃姿の武士。

牢屋奉行の石出帯刀だ。

「おのれ！　大それた真似をしでかしおって、ただで済むと思うな‼」

二間牢の前に立ち、帯刀は怒号を上げた。

「まずは人質を解放せい！　その縛めを解いて差し……解かねば命はないぞっ」

「ばかやろ。お前らが下手な真似しやがったら、命をなくすのはこいつだよ」

嘲りで応じたのは多吉だった。

「うぬっ……」

帯刀は歯ぎしりしながら口を閉ざす。

「牢屋奉行の旦那、ずいぶん必死だな」

多吉に続いて伝八が問う。動けぬ定信の喉元に出刃を突きつけていた。

「必死になるのも当たり前だ。それなるお方……者は白河十一万石、松平越中守様がご家中の士。うぬらが手を出さば松平のご一門にとどまらず、御公儀を敵に回すことになるのだぞ。悪いことは申さぬ。大人しゅう引き渡せっ」

「へっ、ごまかそうとしてやがら」

下手に出ざるを得なくなった帯刀に、多吉は不敵に笑いかけた。

「ごまかすだと？　何を申すかっ」

「見え見えだよ、ぼんくら。お前はさっきから、こいつに礼を失さねぇようにしてるだろ。十一万石の家来だろうと陪臣相手に、仮にも直参の牢屋奉行がそんなに敬意を払う筈があるめぇ」

「む……」

多吉の指摘に、帯刀は脂汗を滲ませる。

「こいつの素性は先刻承知よ。久松松平の家来じゃなくてお殿様、天下の老中しゅざの松平越中守定信だろうが」

「おのれ、それと承知で斯様な真似を！」

「おっと、おかしな真似をするんじゃねぇよ」

伝八が出刃を更に喉元へ近づける。

「お前らの落ち度で越中守が死んだとなりゃ切腹の沙汰は避けられめぇ。無駄に命を落とすよりも、前向きに話をしようじゃねぇか」

「………」

帯刀は抜きかけた刀の鯉口を締め、やむなく同心たちも従った。

「……おぬしたち、何が望みだ」

帯刀が伝八に問いかけた。

「そうだな、船を用意して貰おうか」

「船だと」

「千石船とまでは言わねぇよ。帆が張れて利根の流れに乗れる川船でいいんだ。船頭なんぞはいらねぇから食いもんと水に着替え、それから当座の費えに二百両も積んでおいて貰おうか」

「利根川を伝うて、何処まで逃れる気だ」

「そこまで明かすわけがねぇだろ」

帯刀の問いかけを伝八は一笑に付した。

「ま、これだけは言っといてやるぜ。真刀小僧はもう一度、関八州に甦る。二度と捕まえられない程、守りの硬い一家としてな」

「……それは、徳次郎も承知なのか」

帯刀は信じ難い面持ちで問い返す。

「へっ、最初から乗り気に決まってんだろ。そうでござんすよね、お頭？」

伝八に念を押され、徳次郎はやむなく頷いた。

異を唱えれば、牢の奥に追いやられた囚人たちが皆殺しにされてしまう。

奥で見張る卯之助が剛腕を続けざまに振るえば、瞬く間にそうなることだろう。

一度救った者たちを、見殺しにはしたくない。

「明日の日暮れまで待ってやる。越中守が大事なら、上様におすがりするんだな」

伝八は要求を告げながらも、常に定信を盾にしている。傍らの多吉も反撃をされるのに備え、すぐ背中に隠れることができる位置に立っていた。

五

「一大事にございます……！ご……御囚獄が……‼」

　外出していた帳助が息せき切り、丸眼鏡をずり落ちそうにして風見家に戻ったのは暮れ六つを過ぎ、夕餉も済んだ頃だった。長くなった日も疾うに沈み、縁側の向こうに広がる中庭は夜の闇に包まれていた。

「騒がしいのはおぬしのほうじゃ。囚人どもが騒ぎおるのは死罪の御沙汰がない日の朝のことと昔から決まっとるわい。つまらん冗談を言うのは止めにせい」

　縁側で虎和を抱いて涼んでいた多門が口を尖らせ、帳助を叱りつける。弓香は虎和を寝かしつけるため、部屋に布団を敷いていた。

「父上が申される通りです。お遊びならば留太か末松に相手をして貰いなさいな」

「じ……冗談のために……わざわざ早駆けなど致しませぬ……」

「いい加減に諦めなさい。お前に人を笑わせる才はありません。そんなことは子供の頃から分かっておりました」

　へたり込んで喘ぐ帳助を、弓香は敷居越しに呆れた顔で見返した。

「これ帳助。忠様へのご指南が済んだのならば早う帰って父を手伝わぬか。どこで油を売っておるかと思えば、大殿様にご無礼であろう」

「お嬢様にも失礼ですよ。乳兄妹と申せど主従の分をわきまえずに何としますか」

騒ぐ声を聞いて駆けつけた彦馬と篠も、口々に我が子を叱りつけた。

「うきゃきゃ」

虎和は構うことなく、多門の腕の中でご機嫌だった。

当番で登城した竜之介は、今宵は御城泊まりである。彦馬を初めとするお供の面々は一旦戻り、屋敷内でそれぞれ受け持つ仕事に就いていた。

帳助は用人の役目を彦馬に任せ、忠の勉強を見るために出かけていたのだ。

「冗談でも遊びでもありませぬ……どうかお聞きくだされ……」

「大変でございやす！」

めげずに帳助が言いかけた時、茂七が中庭に駆け込んできた。

「何じゃ茂七か、おぬしまで冗談を言いに参ったのか」

「それどころじゃございやせんよ大殿様。カシラの使いで小伝馬町に行ったら、とんでもねぇ騒ぎになっておりやした。町方のお役人と捕方がわんさと押しかけて、牢屋敷を囲んでいたんでございやす」

「町方が牢屋敷を？」

「捕物どころか、いくさが始まりそうな物々しさでござんした。詳しいことを探ってくるって、参三兄いが鉄二の兄いと出向いておりやす。カシラも手蔓を使って調べてみなさるそうで」

驚く多門に茂七は答える。息こそ乱していないが声を弾ませ、常ならぬ光景を目の当たりにした興奮が伝わってくる。

「妙な話ですね。確かに御囚獄は町奉行様のご支配なれど、大挙して出張られるのは解き放しの折ぐらいの筈。半鐘も鳴っておらぬと申すに、何としたのでしょうか」

弓香は半畳を入れることなく、真剣な面持ちで首を傾げる。

「囚人が何ぞやらかしたとしか考えられまい。牢破りをしおったか、あるいはご牢内に立て籠もったのか……大挙して周りを固めねばならぬということは並々ならぬ事態に相違あるまい」

多門も虎和をあやす手を止め、剽軽な顔を引き締めていた。

「そういえば、他にも妙なもんを見かけやした」

ふと思い出した様子で茂七が言った。

「妙なもの？　何じゃ、それは」

「お大名のご家中らしいさむれぇが、先に通せって町方の連中と揉み合っていたんでございやす。羽織のご家紋を貼り布で隠しておりやしたが、近習番らしいのが与力の旦那と摑み合いになった弾みで剝がれちまって、驚いたことに梅鉢でございやした」

「久松松平家……越中守様の紋所だったのか⁉」

「へい。見間違いではございやせん」

啞然とした多門に茂七は頷く。

江戸に来て日の浅い茂七は自前の切絵図で市中の道を覚える一方、彦馬が管理する書庫の武鑑を日頃から閲覧し、竜之介が御役目の上で関わりを持つ旗本と大名の屋敷の場所まで覚えるように心がけていた。

武鑑には各家の紋所も掲載されている。ご大身の名前や官名の難解な漢字は教えて貰わなくては読めない茂七も、家紋は見れば自ずと分かる。

「……まさか、な」

「何かの間違いであってくれれば宜しいのですが……」

多門と弓香は不安な顔を見合わせる。

そこに又一が姿を見せた。

「大殿様、奥方様、ご注進を申し上げやす」

縁側に膝を揃えた又一は、二人に向かって頭を下げる。

茂七は早々に中間頭の後ろに回り、神妙に控えていた。

「だー、ぶー」

「大人しゅうしておれ、虎。じじたちの邪魔をしては相ならぬぞ」

多門はぐずり始めた虎和を抱き直すと、揃えた膝に載せて落ち着かせた。祖父(じじ)馬鹿ぶりは影を潜め、槍の多門の異名を取った貫禄を取り戻している。

「又一、話を」

命じる弓香からも不安は失せ、鬼姫と呼ばれた頃の凜々しい顔に戻っていた。

それを見届け、又一は口を開いた。

「松平越中守様のご家中って触れ込みで御囚獄を訪ねなすったお武家が一人、そのまま出てきておられやせん。がっちりした体つきで三十過ぎ、平家蟹じみたご面相とのことでございやす」

「……間違いではなかったようじゃ」

「……はい」

多門と弓香は動揺を抑えて視線を交わす。

牢屋敷で出来(しゅったい)した騒ぎの渦中に置かれているのが天下の老中首座、松平越中守定信であることは、もはや疑いようがなかった。

六

「今日は驚いたな、南と北のお奉行が二人揃うて、火急の御目通りを願われるとは」

「我らを締め出してのことなれば、急ぎの上に密を要する儀に相違あるまい」

「そのお奉行方が退出なされたと思うたら、今度は上様から伊豆守様と弾正大弼様に急の御召(おめし)だ。金井様は元より小納戸頭取の杉山(すぎやま)様までご遠慮させられるとは、よほどの大事なのであろうよ」

「何をここまで慌てておられるのか……解(げ)せぬな」

中奥の控えの間では、俊作らが戸惑いを隠せぬ様子で言葉を交わしていた。

既に日は沈んでいる。

家斉は入浴を終えて夕餉も済ませ、小姓たちと囲碁将棋に興じたり三国志の続きを読ませて就寝前にくつろぐ時分だが、今日はいつもと様子が違う。入浴中に南北の町奉行が何の前触れもなく、血相を変えて登城してきたのが始まりだった。家斉は早々に湯殿を出て御座の間に入り、いまだ籠りきりになっている。

御政務に熱心とは言い難い家斉が休憩どころか夕餉も摂らず、これほど長々と話し込むのは珍しい。しかも老中の信明と側用人の忠籌に対しては、家斉が進んで呼び出しをかけている。人払いを命じられ、状況を把握できぬまま御側近くから遠ざけられた小姓たちが、常ならぬ有様に困惑するのも無理はなかった。

「それにしても妙なことだぞ。どうして越中守様に御召がかかっておらぬのだ」

「確かに伊豆守様と弾正大弼様は格別なれど、越中守様のお指図なくば御用は満足に務まらぬ。御下問(ごかもん)をされてもお二人だけでは、はきとお答えできまいよ」

英太の疑問に続いて雄平が口にしたのは皮肉ではなく、日頃から家斉の御側近くにいれば自ずと分かることだ。信明が若いながらも知恵者であり、忠籌が年季の入った学究の徒なのは事実だが、政の実務をこなす手際はいまだ定信に及んでいない。

「南北のお奉行のご注進が発端なれば、町方の御用であろうが……失礼ながらご両名だけでは荷が重かろうな」

俊作は二人の意見を否定できず、迷いながらも同意を示した。

そんな同僚たちの輪に忠成は加わらず、竜之介を前にして一服中。竜之介が携帯用のたたみこんろで沸かした湯は火鉢と加減が変わらず、煎じる茶の香りと味わいも元に戻って以来、再び落ちることはなかった。

「この有様、おぬしは何と見る」

忠成がさりげなく竜之介に問いかけた。

「河内守様と信濃守様のただならぬご様子からお察し申し上ぐるに、よほどの手練が事を起こしたのでござろう。いずれ火盗改に御下命があることかと」

竜之介が答えの中で挙げたのは、南北の町奉行の官名だ。

南町奉行の初鹿野河内守信興は同じ旗本の依田家からの入り婿で、昨年九月の就任早々から古株の与力たちに依存することなく御役目をこなす一方、立場の弱い者への配慮を踏まえて裁きを下す姿勢が、市中の民から好評を得ている。

信興の実の父親は名奉行の依田政次で、その長女を妻とした北町奉行の山村信濃守良旺は義理の兄に当たる。奉行同士が義兄弟となった南北の連携は円滑で、将軍家の御膝元で町政と司法を預かるにふさわしい体制が整いつつあった。

しかし、凶悪犯は町奉行所では手に余る。

「よほどの手練か。真刀小僧の向こうを張る大盗か、新手の辻斬りが出おったのやもしれぬな。そういえば無宿人ばかりを狙うた辻斬りが鳴りを潜めておるが、そやつが再び現れたとも考えられるぞ」

「左様に非ざることを願いとうござるな」

想像をたくましくする忠成に、竜之介は静かな面持ちで答えた。

辻斬り旗本の武井主馬を成敗する寸前、名も知らぬ曲者に先を越された事実は口を裂かれても明かせはしない。回収を命じられた家斉の御刀を横取りされ、いまだ取り返せずにいることも——。

「馳走になったな、風見」

碗を乾した忠成は竜之介に礼を述べ、腰を上げた。

「どれ、御座所の様子を見て参るか」

他の小姓たちにも聞こえる程の、張りのある声だった。

「なりませぬぞ、大和守殿っ」

「大事ない。すぐに戻るゆえ、待っておれ」

竜之介に笑みを返し、忠成は控えの間を出ようとする。

俊作らも慌てて腰を浮かせた、その刹那(せつな)。

「何をしておる。いまだ人払い中なれば、みだりに出歩いてはいかんぞ」

「……心得申した」

「分かればよい。下がりおれ」

肩衣越しにも見て取れる頑健な体軀と鋭い眼光を以て、忠成を退(しりぞ)かせたのは小納戸頭取の杉山帯刀。この春まで小納戸だった竜之介にとっては、元の上役である。

不満を滲ませながらも忠成が座るのを待って、帯刀は再び口を開いた。

「風見、上様の御召である」

「それがしに、でございまするか？」

「御用の間にてしばしお休みなさるゆえ、御肩を揉めとの御所望じゃ」

「ははっ」

竜之介が控えの間を後にしたのを見送ると、帯刀も立ち去った。

家斉が御用の間に竜之介を呼び出すのは、影の御用に関わる話をする時のみ。

他の小姓たちは夢にも思わぬ理由である。

「煎じ茶ばかりか揉み療治まで御気に召して頂いておったとは、羨ましきことよ」

「剣のみならず柔術も得意な、奥方の仕込みらしい。流石は風見の鬼姫だな」

「大した内助の功よ。我が家の愚妻では、最初から勝負になるまい……」

俊作と英太がぼやき合い、雄平が肩をすくめる。

「左様に言うてやるな。能ある鷹は爪隠すの謙虚さこそが風見の美徳ではないか」

忠成は三人を戒めつつ、口の端を微かに歪ませている。

将軍の目に留まることは何であれ、小姓の出世に繋がる糸口だ。竜之介を気のいい同僚と認めていても、羨みたくなるのは無理もない。

年下でありながら老中の信明に負けじと闘志を燃やし、より立場が上の老中首座を目指す忠成にとっては尚のこと、抱かずにはいられぬ感情だった。

七

御用の間は御休息の間の上段に連なる御小座敷を通り過ぎ、角を二つ曲がった先に設けられている。

その先は将軍が大奥に渡る専用の通路である、上の御鈴廊下だ。

竜之介は敷居際で膝を揃え、背筋を伸ばした。襖の隙間から漏れる灯火が、暗がりの中を抜けてきた目に眩しい。

「風見竜之介にございまする」

「大儀」

襖越しの一声を耳にして、竜之介は絶句した。

家斉ではない。

力強くも落ち着きのある声の響きは、年の功に裏打ちされている。竜之介が当初は義父の多門から受け継いだ小納戸として、昇格後は奥小姓として御用に勤しんできた日々の中、聞き慣れて久しい声であった。

「だ……弾正大弼様にございまするか？」

「身共もおるぞ……」

「伊豆守様？」

続いて聞こえてきたのは信明の声。

「越中守様が身共のせいで、囚われの身となってしもうたらしいのだ……おぬしの力を貸してくれ、風見」

いつもの快活さが鳴りを潜め、弱々しい限りである。

「子細は後だ。まずは入れ」

続く家斉の声は苛立ちを隠せぬものだった。予期せぬ事件が出来（しゅったい）し、夕餉も抜きにせざるを得ないほど頭を抱えさせられたとなれば、無理もあるまい。

それは竜之介がいまだ与（あずか）り知らぬこと。

予想だにしていなかった、されど越えねばならない難関が待ち受ける、影の御用の始まりであった。

定信が牢屋敷へ赴いて始まった事件について、竜之介に説明したのは忠籌だった。

「左様な次第で、越中守様は賊の盾にされておられるのだ」

「……越中守様らしからぬ、ご無礼ながら軽挙の至りと存じまする」

「それは言うても詮ないことじゃ。今はお身柄を取り戻すため、策を講じることのみを考えよ」

「ははっ。申し訳ありませぬ」

「詫びるには及ばぬ。思うところは身共も同じぞ」

「弾正大弼様……」

「弾正で構わぬ」

忠籌は声と同様に、態度も落ち着き払っていた。

九代将軍の家重に始まり、秘かに受け継がれてきた影の御用については、かねてより定信から聞かされていたという。

自分の身にもしものことがあった時は代わりに幕政の改革を継続しながら家斉の密命を遂行し、将軍家に害をなす輩を人知れず駆逐する影の力、すなわち竜之介のお目付け役を任せると、委ねられてもいるとのことだった。

「越中守様は抜かりなきお方だ。何をなさるにも備えを怠らぬ。なればこそ、こたびのお振る舞いが解せぬのだがな」

「……魔が差したのでございましょうか」

「左様に判ずるしかあるまいよ」

「難儀なことでございまするね、弾正様」

「致し方あるまい。上様は元より越中守様をお支え致すが、身共の役目だ」

「さればそれがしも、御役目を果たさせて頂きまする」

「しかと頼むぞ」

「ははっ」

下座で語り合う二人をよそに、家斉は旺盛な食欲を発揮していた。

信明を通じて小納戸頭取の帯刀に、更に御膳番の小納戸に命じて用意をさせたのは遅くなった夕餉の膳だ。

「うむ、ようやく人心地着いたぞ」

好物の生姜を味噌漬けにさせたのをばりばり嚙みながら平らげたのは、乾いた蒸し飯を碗に入れ、熱い湯を注がせたもの。

将軍の主食とされた蒸し飯は研いだ白米をざるに取り、釜で沸騰させた湯に浸して煮上げたのを取り出して蒸す。水気を失っても湯でふやかせば元に戻る、古来より旅や合戦で武士が携行食としてきた一品でもあった。

「時に伊豆、下々の食する飯というのは噛み応えが大層あるそうだな」

「仰せの通りなれど米は歳月を経た、古きものにございまする」

すぐさま答える信明は、殊勝に給仕役を務めていた。

若いとはいえ一国の大名にさせることではなかったが、信明は反省の意を示すべく自ら進んで申し出たのだ。

「それにしても蔵米のお下がりでは、美味かろう筈があるまい」

「民は白い飯を腹一杯食えることを、一番の喜びとしておるのでございます。その値を下げるは民心を安んじ、稼業に勤しませるのに欠かせぬことと存じまする」

「その儀は越中が戻りし後に話すがいい。まずは無事に救い出すのだ」

信明に膳を下げさせると、家斉は竜之介に視線を向けた。

「弾正との話は終わったか」

「ははっ」

「されば尋ねる。越中を救うに最善と、そのほうが考える手だては？」

「遠間より仕掛けるが宜しいかと存じまする」

「遠間とな」

「弓を遣わせて頂きまする」

「射かけて仕留める。ゆえに遠間か」

「御意」

「そのほうならば気配を殺し、斬り込むことも易いだろう」

「恐れながら、こたびは地の不利がございまする」

竜之介は平伏したまま、続けて家斉に言上した。

「御囚獄は内より破るは元より、外から攻めるも難き構えにござれば、力押しで賊を討ち取るのは悪手（あくしゅ）にございまする。人質さえ取られておらねば牢格子越しに槍を突き込みて仕留めることもできまするが、こたびは越中守様のみならず、無宿の囚人たちも救わなくてはなりませぬゆえ」

竜之介が口に上（の）せたのは、独断ではない。

南北の町奉行から事件の報告を受けた家斉が忠籌と信明を急ぎ召し出し、思案を重ねた末に至った結論を踏まえた答えであった。

食うに困って犯した罪で小伝馬町送りにされた無宿人たちは、こたびの事件に無理やり巻き込まれた、言うなれば状況の犠牲者だ。

定信は元々は農民だった無宿人を国許に戻し、帰農させることを幕政改革の目標の一つに掲げている。

にもかかわらず不覚を取り、己自身ばかりか日の本の経済を支える米作りに勤しませるべき者たちの命まで、危険に晒しているのだ。

この事実が明るみに出れば生死を問わず、定信の評判は地に堕ちることだろう。老中首座に抜擢し、将軍補佐まで兼ねさせた家斉も批判を避けられまい。

これまで定信は幕政の改革を強気に推し進め、大名も旗本も落度があれば容赦なく責めを負わせてきた。その定信が軽はずみな行動を取った結果、保護する対象の無宿人を巻き添えにしてしまっている。

この事実を隠蔽した上で、全員の身柄を救わなくてはならない。

竜之介が遂行を命じられた、こたびの影の御用は真に至難。

されどやらねば定信も無宿人も助からず、恥ずべき事件が起きた事実だけが世間に広まって無為に命と立場を失う者が増えるばかりだ。

定信にお忍びの訪問を認めた牢屋奉行の石出帯刀は、牢内で事件が起きたことと共に責を問われ、切腹させられるのは必定。

上役である南北の町奉行も管理不行き届きを責められ、多くの民から支持を受けているというのに、二人とも辞職せざるを得なくなるだろう。

他にも一人、職ばかりか命まで失うことを避けられない者がいる。

長谷川平蔵である。

図らずも知遇を得た竜之介にとっては恩人にして、その器量の大きさに感じ入らずにはいられぬ存在。

人質たちともども、救いたい。

「上様、お願いの儀がございまする」

竜之介は意を決して言上した。

「苦しゅうない。申してみよ」

「こたびの御用、御先手弓頭の長谷川様にも御命じ頂きとう存じ上げまする」

「長谷川にも、だと」

「御意」

「そのほう、正気で言うておるのか」

家斉が戸惑うのも当然だった。

影の御用は、将軍と一部の側近のみが知り得る秘事だ。

密命を下されるのは将軍の御側近くに仕え、信頼を預けられながら御政務には関与しない、小姓と小納戸から選ばれた者のみ。遂行し得る手練がいない場合はその身内まで含めて人選し、一代の将軍につき一名のみが任じられる。

とはいえ、腕さえ立てば誰でも良いわけではない。

平蔵は幕府の武官でも一線級の先手頭として、公に御用を務める立場。

その立場に伴う御役目に専心させてこそ将軍家の御役に立つのであり、加役の火盗改のみならず影の御用まで申しつけることは、本末転倒でしかあるまい。

「な、何としたのだ、風見？」

「存念あらば余さず上様に申し上げよ。話はそれからぞ」

家斉以上に戸惑う信明に続き、忠籌が竜之介を促した。

「ははっ」

竜之介は改めて口を開く。

「越中守様を虜にせし賊の三名は徳次郎が大宮宿にて長谷川様と刃を交え、その隙に逃げおおせた一味の小頭どもと仄聞しておりまする」

「相違ないか、伊豆」

「御意」

家斉に念を押された信明が首肯する。

竜之介は続けて言上した。

「町奉行様方のご報告によれば、その子分どもが牢屋敷にて事を起こしたのは命の恩人の徳次郎を救い出すためには非ず。再び頭に祭り上げ、一味を再興したいがための勝手な所業……見逃すわけには参りますまい」

「なればこそ、上様はおぬしに御下命なされたのだ。それが不服か」

「滅相もありませぬ、弾正様」

忠篤の疑問に異を唱え、竜之介は再び家斉に向かって言上した。

「恐れながら上様に御命じ頂きたいのは影の御用に非ず、真刀小僧一味が相手の大捕物の仕上げにございまする」

「仕上げとな」

「長谷川様は火盗改の加役を仰せつかって以来、八百に及ぶ一味の数を根気よう減らし続け、ついに頭の徳次郎をお召し捕りになられました。されど小頭どもを捨て置かば、散り散りになりし子分を集め直して徒党を組み、再び関八州を荒らさぬとも限りませぬ。左様な後顧の憂いを断つために、こたびの難事を長谷川様には好機と捉えて頂き、一堂に会せし小頭どもをまとめてご成敗願ってはいかがでございましょう」

「なるほど、それで弓か」

合点がいった様子で家斉が頷いた。

「長谷川に表の御用として賊どもを射て取ることを申しつけ、そのほうは影にて助を致したいということだな」

「御意」

竜之介は深々と頭を下げた。

「ならば是非には及ぶまい。差し許すゆえ、存分にせい」

そう竜之介に命じると、家斉は忠篝と信明に視線を転じた。

「弾正、そのほうは長谷川に上意を伝えよ。仕掛ける時も指定するのだぞ」

「ははっ」

「伊豆は矢を用意せい。風見にも、同じものを渡すのだ」

「お、仰せのままに」

老若の二人が家斉に向かって平伏した。

悪しき者たちが求める回答の期限は、明日の夕暮れ時。

定信の一命を左右する、その時が戦いの始まりだった。

「風見、子細を打ち合わせるぞ」

「承知にござる」

忠篝に促され、竜之介は決然と応えた。

八

定信は牢格子に縛り付けられたまま両目を閉じ、二間牢の正面に立ち続けていた。

獄舎に設けられた明かり取りの窓は、枠木の間が狭い。

そのため日中も薄暗く、夜の闇はひたすら濃い。

天井の梁を走り抜ける鼠の足音は、時たま屋敷で耳にするよりも大きく不気味。

蒸し暑さも酷いもので、牢内は元より鞘土間にも昼間より強さを増した臭気が立ち込めていた。元より眠れる筈がない。

「旦那」

耳元でささやきかける声がする。

定信は無言で目を開いた。

「お前さん、どうして何も口にしねぇんだい」

声を潜めて呼びかけてきたのは徳次郎。

多吉も卯之助も牢の奥で高いびきをかいており、伝八も定信の背中に隠れる位置に布団を敷き、深い眠りに落ちていた。囚人たちにはいつもの物相飯しか与えず、自分たちにだけ届けさせた仕出しの折詰と酒を堪能した上のことだった。

「あいつらのことなら気にしなさんな。俺がお前さんを逃がす素振りを見せたら跳び起きるこったろうが、このぐれぇなら放っておくさ」

そう告げながら徳次郎が差し出したのは、麦混じりの握り飯。

「こんなもんでも腹に入れときゃ、いざって時に体は動く。最後の最後まで諦めねぇでいてくんな」

「……かたじけない」

「それじゃ、食いなよ」

徳次郎が差し出す握り飯を一口ずつ、定信は黙々と咀嚼する。

食事も湯茶も摂らずにいたのは、敵の施しを潔しとせずにいたからではない。

人は腹が膨れれば便意を催し、水分を口にすれば尿が溜まる。

拘束された定信は、厠に行くのもままならずにいた。

元より異臭芬々たる場所なのだから勝手に漏らせと思っているのか、多吉らは一度も用を足すことを促さなかった。

年端も行かぬ子供でもあるまいに、左様な真似ができるはずもない。

虜囚の身であろうと、耐え続けねばなるまい。

そう心に決めていたのが、今は全く気にならなくなっていた。

徳次郎の言う通り、最後の最後まで諦めてはいけない。

そのための力を養うのだと思えば、一時の恥辱など些事であろう。

定信が握り飯を食べ終えると、徳次郎は無言で側から離れた。

布団に潜り込んだのを気配で察し、定信は再び目を閉じる。

西の丸下の屋敷を出る時に笠は忘れてしまったが、袴を略さず穿いてきたのは不幸中の幸いであった。

九

忠篝が本所菊川町の長谷川家に赴いたのは翌日の午。

奥小姓の当番が明け、竜之介が下城する時分に合わせてのことだった。

「御上意である。謹んでお受けせい」

「ははっ」

平蔵は一言も異議を唱えず、謹んで主命を承った。

忠篝は頷くと、式台に横付けさせたままの駕籠に再び乗り込む。

家斉の直筆による上意書と共に届けたのは、蝦夷地渡りの強靭な鷹羽の矢。

竜之介にも下城する際、同じものを渡してある。

仕掛ける時間は夕暮れ時。

平蔵は牢屋敷の門を潜って堂々と、竜之介は裏から忍び込む手筈であった。


小川町の屋敷に戻った竜之介は、愛用の弓を取り出した。

弓馬刀槍と言う通り、弓術は武士に欠かせぬ素養とされている。

竜之介が他の武士たちと違うのは馬上で射ることを専らとし、修行を重ねてきたという一点だ。疾風を鍛えることも兼ね、日頃から暇さえあれば馬場を駆けながら的を砕く稽古を積んできた。

射抜くだけではない。流鏑馬のごとく、砕くのである。

強弓にて矢を放ち、敵の首を射落とす技は源平の武者たちが鎬を削り、元の大軍を退けた時代の遺産。それを竜之介は可能とするまでに、鍛錬を続けてきたのだ。

今は焦らず休む時。弦の調子を確かめて袋に収め、矢筒と共に床の間に置く。

弓香が敷いておいてくれた布団に入って、目を閉じる。

小半刻後に目を覚ました時、奥小姓勤めの疲れはすっかり抜けていた。

暮れなずむ空の下、平蔵は小伝馬町に赴いた。

供をさせたのは長男の辰蔵。

「父上、いざとなれば私も！」

「いきるでない。おぬしは父のすることを、黙って見ておればいいのだ」

滾(たぎ)る闘志を抑えきれぬ愚息を叱りつつ、牢屋敷に続く道を辿っていた。

日が沈む。赤く染まった西の空の端が、見る間に暗くなっていく。

「へっ、先払いたぁ気前のいいこったぜ」

約定(やくじょう)を違(たが)えぬ証しに渡された信玄袋は、ずしりと重い。

飯を腹一杯食わせて貰えると喜んだのも束の間、次第に募る恐怖と疲労でぐったりしている囚人たちの見張りもそっちのけで、卯之助はほくほく顔だ。

一方、多吉と伝八は気を抜かずにいた。

老中首座を人質に取り、盗賊一味を再興すると宣言したのを見逃すほど公儀は甘くない筈だ。仕掛けてくるならば、日が沈む瞬間だろう。

出刃を手にした伝八は、天井の隅々まで目を離さずにいる。

多吉は牢格子の向こうを見渡し、近づく者を警戒していた。いずれも盾である定信の背中の延長線上から離れぬように、立つ位置に気を配りながらのことだった。

「ぐえ」

定信の肩をかすめて走った二条の矢が、多吉の頭に突き立った。一本目は刺さったのみだが、二の矢で猪首が千切れかけていた。強弓を用いて放ったに違いない。

だっと伝八は床を転がり、姿なき射手の狙いを外さんと試みた。

獄舎の外の屋根の上、平蔵が弓を構えて立っている。

牢格子どころか窓の枠木をも擦り抜けて、正確に狙いを定めていたのだ。

あの男、鬼神の生まれ変わりか？

伝八は慄然とせずにはいられない。

だが、臆していては射殺されるのを待つばかり。

「野郎っ」

膝立ちになって腰を上げざま、出刃を放つ。

凶刃を弾き飛ばした強弓の一射に続き、飛来した矢が胸板を貫いた。

「兄い!?」

勢い余って吹っ飛んだのを目の当たりにして、卯之助は動揺を隠せない。

牢の奥にいたところで、矢は容赦なく飛んでくるだろう。

ならば定信の縛(いまし)めを千切って抱え、手持ちの盾に仕立てるまでだ。

だっと牢格子に走り出すや、続けざまに放たれた矢が足下に射込まれる。

「わっ？　わっ！」

慌てた弾みで、定信の背中から立ち位置がずれる。続く連射に武蔵坊弁慶(むさしぼうべんけい)のごとく耐え抜ける程、鼠賊(そぞく)の性根は据わっていなかった。

鞘土間を駆け、牢屋同心たちが殺到してくる。

町方同心は表を固めるにとどめ、手を出さないように控えている。それも竜之介が提案し、家斉が認めた配慮であった。

縛めを解かれた定信がぐったりしたまま、同心たちに担がれていく。

「大事ないか、徳次郎」

すれ違いに姿を見せた平蔵が、牢格子の向こうに呼びかけた。

「旦那、改めて御用にして頂きやす」

徳次郎は重ねた諸手を格子の隙間から差し出し、平蔵に縄を打つことを乞(こ)う。

腹心だった子分たちが暴挙を起こすに至ったのも、自分の罪。

恥を知り、己の不徳を省みることを知る身なればこその態度だった。

「……真刀小僧、御用だ」

その意を汲んで平蔵が打つ、火盗改の捕縄の色は白。

辰蔵が無言で差し出す提灯の明かりに、その白さが淡く映えていた。

第五章　夜叉（やしゃ）の極楽

一

「………」

竜之介は離れた屋根で身を伏せたまま、緊迫した状況が終息するのを見届けた。

ここは平蔵が登った拷問蔵より高い、百姓牢がある獄舎の屋根の上。

空一面が暗くなる寸前、残光の下に立ち上がった竜之介は平蔵が射るのに合わせた強弓の速射で多吉の猪首をへし折り、伝八の出刃を弾き飛ばし、定信を抱え込もうとした卯之助の悪あがきを止めたのである。

装いは墨染めの筒袖と、裾を動きやすく絞った軽衫（かるさん）。

弓香が子育ての合間に針を持ち、影の御用で忍びの者さながらの行動が必要な場合のためにと縫い上げ、この場に間に合わせてくれたのだ。

覆面は額の垂れを下ろし、葵の御紋が隠されていた。

射殺したのは将軍家の威光を示して討つに値しない、こちらが何者なのか分からぬまま三途の川を渡るが似合いの鼠賊ども。罪なき無宿人を相手に辻斬りを繰り返した武井主馬と同類の、まさに外道だ。にもかかわらず拝領した覆面を着けたのは竜之介自身が気を引き締め、家斉の期待に応えて絶対に狙いを外さぬためだった。

竜之介は屋敷を出た後、草履を草鞋に履き替えていた。

土踏まずには滑り止めの金具を嵌め、足を踏み外さぬように備えてある。

「……」

竜之介は無言で弓を握り直す。

その全長は七尺を軽く超え、八尺に近い。

六尺豊かな大男でも先まで届かぬ、文字通りの大弓だ。

屋根に身を伏せた竜之介は射た時と同様に右の手で弓を持ち、張りの強い弦を引くために欠かせぬ弽を左手に着けていた。

日の本では古来より右を馬手、左を弓手と呼ぶ。

右利きであれば手綱は右、弓は左の手で持つからだ。

日頃はそうする竜之介も、全力を出す時は生来の利き手に戻る。

弓は鉄砲と同様に右利きを前提に造られているが、熟練すれば左利きでも扱える。

騎射の稽古をしに馬場へ出向いた時、周りに人目があれば右利きを装う竜之介だがひとたび無人となれば手綱と弓を持ち替えて存分に疾風を飛ばし、強弓を射る鍛錬をする。足場が悪い屋根の上から的を狙うのも、馬を駆けさせながら矢をつがえて射るのに比べれば容易い。折よく風が止(や)んでくれたのも幸いだった。

「……………」

無言の竜之介が見守る先で平蔵は徳次郎に縄を打ち、穿鑿所(せんさくじょ)に連行していく。

二間牢では下男たちが亡骸を運び出し、牢屋同心たちは抜き取った矢の血脂(ちのり)を慎重な手つきで拭っている。忠篝が牢屋奉行の石出帯刀を通じ、事前に下しておいた命(めい)に従ってのことである。

忠篝は竜之介と段取りを話した際、このように帯刀に命じると言っていた。

上様から火盗改の御用として三人の賊を、捕縛するには及ばぬゆえ成敗せよと仰せつかった長谷川平蔵が用いるのは、御上意と共に下された矢。

援護を命じられた伏せ手も、同じ矢を用いる。

別に放たれた矢が二間牢に射込まれても、騒ぎ立ててはならない。

盗賊どもの成敗が終わった後に矢は一本残らず回収し、謹んで返却せよ。

念を押すまでもないことだが、こたびの一件は定信の訪問を受け入れた牢屋奉行にとっても不祥事。無事に解決さえすれば誰も罪には問わぬゆえ、伏せ手の存在も含め他言は無用なり——。

忠籌はそのように段取りをつけた後で平蔵に対しても、援護の者を差し向けることを事前に伝えておくと請け合った。

ゆえに平蔵は後方から同じ矢が飛来しても気を乱さず、むしろ呼吸を合わせて矢を放つことで竜之介と顔を合わせずとも連携し、盗賊どもの駆逐を成功させたのだ。

平蔵も竜之介も矢を放つ際、定信の体を巧みに避けて狙いを定めている。

それでも耳元をかすめられ、袖を裂かれ、袴の股を貫かれた定信は、生きた心地がしなかったことであろう。

されど定信は一度も悲鳴を上げずに耐え抜き、みだりに動いて自ら矢を受ける不覚も取らなかった。

流石は吉宗公の孫。

田沼家の敵には違いないが、あの男を死なせてはなるまい。

朦朧（もうろう）としながらもくずおれずにいたのを見届け、竜之介はそう納得したものだ。

定信は堅物というだけではなく、気骨がある。

性格が真逆の家斉に嫌がられても苦言を呈するのを厭わず、ひとたび道理にあらずと見なせば諸大名ばかりか、帝に対し奉っても異を唱えることを恐れない。

その行動力が裏目に出てしまった、こたびの不始末がもしも世間に知れれば軽率の誹りを免れまいが、その理由が徳次郎の助命を嘆願した信明を頭ごなしに叱るばかりではなく、同じ視点に立つことによって心情を理解するためだったとすれば、むしろ定信らしいと言えるだろう。

無事に救出されたと確認できた以上、長居は無用だ。

「……」

空は黒い雲に覆われ、小雨が降り始めていた。

四月の末に至った江戸は、西洋の暦で五月の下旬。

梅雨入りには間があるものの、これは本降りになりそうだ。

竜之介は屋根を伝い、庇から地面に降り立った。

夜目を利かせて暗がりを駆け抜け、牢屋敷を後にする。

周りを固める町奉行所の警備の状況は、事前に把握できていた。

忠篤が牢屋奉行のみならず南北の町奉行にも手を回し、報告させた警備の人員配置を竜之介に教えてくれたおかげだった。

　町奉行所の動きが昨日ほど物々しくなくなった影響か、町の人々は落ち着きを取り戻しつつある。事件が解決した知らせが町奉行たちに届けば、残る警備も今宵の内に解かれることだろう。

二

　風見家が屋敷を構える小川町は、小伝馬町とは目と鼻の先。

　すぐ近くとはいえ、油断は禁物である。

　竜之介は物陰に入って早々に覆面を脱ぎ、折り目正しく畳んで懐に納めた。

　金具を外した草鞋を脱ぎ、屋敷を出た時に履いていた草履に戻す。

　出かける際、家来たちには行き先は弓術の道場と言っておいた。

　入梅すると馬場を駆けるのがままならなくなり、さりとて弓に触れずにいては腕が鈍(なま)ってしまうので無沙汰の挨拶がてら知人の道場を訪ね、手始めに日が沈むまで軽く稽古をさせて貰うと偽ったのだ。弓術は公の場で披露する際には厳しい作法を守って行われるが内輪の稽古、それも存じ寄りの道場ならば平服であっても障りはない。

竜之介がここまで用心を重ねるのは影の御用が奥小姓の御役目に増して、家中にも明かせぬ秘事だからである。

主命で武士が人を斬るのは当然ながら、殊更に誇れることとは違う。士分に非ざる中間や女子供に対しては尚のことだ。

風見家の用人として年季の入った彦馬は元より、権平と又一も勘が働く。若い連中も侮れず、特に茂七と花は好奇心が強いため、気を抜けば思わぬところを目撃されてしまいかねなかった。

念には念を入れ、今後も気取られぬように心がけなくてはなるまい。

竜之介は矢筒を担ぎ直し、小雨の中を屋敷へ急ぐ。

大役を全うした弓は持参の袋を被せた上で、左手に持ち替えていた。

堰(せき)を切ったように降り出したのは、竜之介が屋敷の前まで来たのと同時だった。

まさに間一髪(かんいっぱつ)である。

間が悪ければ竜之介も平蔵も大雨で視界が効かなくされて狙いを逸らし、定信救出の計画は文字通り、水泡に帰してしまったことだろう。

元より定信は運が強い。

十一代将軍の座に着いて親政を行うことこそ叶わなかったものの、老中首座に抜擢されて幕府の政を仕切る立場を獲得し、いまや日の本の舵取りを一身に担っていると言っても過言ではあるまい。

こたびの事件で命を落とさずに済んだのは、その立場を失う時期がまだ来ていないということなのか――。

竜之介は土砂降りの中を走り抜け、屋敷の門の下に駆け込んだ。

叩いて知らせるより早く、潜り戸が開いた。

片番所に詰めていた権平が、竜之介が帰ってきたのを窓越しに見て取ったのだ。

「お帰りなさいまし」

「雑作をかける。この雨では冷えるだろうが番を頼むぞ」

労をねぎらう竜之介に、権平は無言で頭を下げた。

潜り戸を通り、雨粒が爆ぜる石畳を駆けて定口に急ぐ。

「竜之介さん！」

内玄関の戸を開けた途端、弓香が飛びついてきた。

弓香と多門にだけは、こたびの密命の内容を明かしてある。囚われた定信の救出という責任重大な御用に臨んだ夫を案じ、ずっと帰りを待っていたらしい。

抱きつかれた竜之介は困惑の面持ちだった。

せっかく弓の稽古に出かけたと装ったのに、何としたことか。

困ったものだと思いながらも、冷えた体に染み入る温もりが心地よい。

そんな二人の様子を、茂七と花が陰から盗み見ていた。

余りに弓香が落ち着かず、うろうろしていたのが気になってのことだった。

「ったく、お仲が宜しくて結構なこった」

「それにしたって大袈裟過ぎよ……」

苦笑いする茂七の隣で、花は複雑そうな顔。

妻子を持つ殿方に、それも主君に恋焦がれるのが褒められたことではないのは承知の上である。

武士が側室を持ち、町人や農民でも富裕な者が妾を抱えるのは、色事を楽しむ以前に跡継ぎを得るのが本来の目的であり、使命である。

しかし竜之介は風見家へ婿入りして早々に弓香を懐妊させ、丈夫な男の子を儲けることで使命を果たした身。

元より夫婦仲は睦まじく、竜之介は他の女人には目もくれない。

それでも花は募る想いを抑えきれず、悶々とする毎日を送っている。

「お前が妬くのは筋違いだぜ。殿様のことはいい加減に諦めなよ」

「うるさいわね。子供のくせに」

「誰が子供だい。たった二つしか違わねぇだろうが」

茂七と花は小声で言い合った。

声を潜めていたとはいえ、いつもの竜之介と弓香ならば早々に気づいただろう。

しかし、今の二人は互いの声しか聞こえていない。

「心配をかけてしもうたな。越中守様はご無事なれば、安堵致せ」

「それは何よりにございました……お背中を流させて頂きますゆえ、どうぞ湯殿へ」

労をねぎらう弓香の声は甘い響き。

交わす言葉は外道とはいえ人の命を奪ってきた身に染みる、心休まる奏でだった。

三

夜が明ける前に雨は止み、朝を迎えた江戸の空は晴れ渡っていた。

「お早うございまする、越中守様」

「うむ」

下部屋で信明と顔を合わせ、挨拶に応じる定信の態度はいつもと変わらない。少々疲れは見えるものの、常のごとく御用を務めても障りはなさそうだった。

「上様の御召にござる」

中奥の御用部屋に入って早々、忠籌が呼び出しに来た。

「大儀である」

応じる定信は毅然としている。

いつもと変わらぬ振る舞いに、信明と忠籌は何も指摘しない。

これで良いのだと言わんばかりに二人揃って、口の端をわずかに綻(ほころ)ばせていた。

定信は人払いをさせた御用の間で待っていた。

竜之介も遠慮をさせられ、忠籌も顔を見せずにいる。

「存外に元気そうだな、越中？」

「面目次第もございませぬ」

微笑み交じりに問う家斉に、定信は素直に頭を下げた。

「その様子では、一本も矢を受けてはおらぬな」

「かすめただけにございまする」

「左様か。長谷川も風見も、大したものよ」

「……」

家斉の賞賛に、定信は沈黙を以て応じた。

定信は平蔵と竜之介に、日頃から好意的には接していない。

確たる考えがあってのことだ。

平蔵は旗本でありながら横紙破りが過ぎるし、竜之介とは御役目で日々接していても憎き意次の甥である限り、慣れ合うわけにはいくまい。命を救われたからといって態度を一変させるのは、定信の矜持（きょうじ）が許さなかった。

とはいえ、二人の腕前が水際立っていたのは事実。

とりわけ竜之介は尋常ならざる手練と認めるしかあるまい。

あれは武士が蛮勇だった古（いにしえ）の時代、敵の首を矢で射落とした弓の技。

泰平の世の弓術とは別物だ。

目の当たりにするのみならず、体中をかすめられて実感したことであった。

「時に越中」

「ははっ」

「徳次郎の品定めは叶（かの）うたのか」

「伊豆守から御聞きになられましたのか……？」

「伊豆を責めては相ならぬぞ。余が弾正に命じ、強いて訊き出させたことだ。越中が囚獄に忍んで参りし理由に思い当たる節があらば申せ、さもなくば一命を救う策を講じるのもままならぬと、な」

黙り込んだ定信を窘めた後、家斉は改めて問いかけた。

「して越中、徳次郎を何と見た？」

「……悪党なれども、頭と呼ばれるにふさわしき者かと」

「ほう」

「伊豆は目の当たりにした由にござるが、徳次郎は二間牢を牛耳る牢名主を懲らしめながら取って代わらず平の囚人のまま、何ら驕ることなく過ごしておりまする」

「殊勝だな」

「そのことからも御察しの通り、徳次郎には人を統べる器がありまする。拙者を虜にせし元の子分どもはその器を利用し、あやつに助けられし二間牢の無宿人たちを引き連れて破牢に及び、一味を再興させよと徳次郎に強いており申した」

「そうらしいな」

「助命致さば当人にその気がなくとも利用せんと企む輩が再び現れ、こたびと同様の騒ぎを起こすことでございましょう」

「……災いの元なれば、断つより他にないということか」

「御意」

「長谷川に預けても無理と申すか？」

「さすれば徳次郎に寄って参る者どもを退けるため、長谷川は刀を取る羽目となりましょう。本末転倒にございまする」

「ふむ」

「それに今月は博奕を常習としておった小普請を二名、遠島に処すことになっておりまする。直参にあるまじき痴れ者を厳しく罰するは当然と心得おりまするが、一方で盗賊の頭の罪を減じたとなれば、上様の御威光に差し障りましょう」

「……致し方あるまい」

「ははっ」

家斉の同意を得た上で、定信は続けて言上した。

「されど上様、徳次郎に濡れ衣まで着せるは道理に反することにございまする」

「何を申すか、越中？」

「御忘れになられたとは申されまするな。武井主馬が上様より拝領せし御刀は風見を

出し抜いた曲者によって奪われたに非ず、徳次郎が屋敷から盗み出したことにせよと
身共に御申しつけになられた儀にござる」

「む……」

「恐れながら、その儀ばかりは御取り下げくださいまするよう」

「……」

今度は家斉が沈黙する番だった。

「上様」

「……良きに計らえ」

定信に促された家斉は、そっぽを向きながらも、そう答えた。

「かたじけのう存じ上げまする。されば風見を信じて、いま少し待ちましょう」

「されど越中、もしも曲者を探し出せねば何とするのだ」

「拙者が独りで断じず、伊豆と弾正にも諮りまする」

「あの二人が救いたいと申さば、風見を咎めぬということか？」

「御意。その時は拙者も伝手を頼りて、探索の御用をつかまつりましょうぞ」

「左様か。良きに計らえ」

家斉はそっぽを向いたまま、安堵した様子で呟いた。

四

雨の日が続く内に、五月も後半に入った。いよいよ川開きが間近である。

今日は珍しく朝から晴れている。

雨降りでは仕事にならない大工衆には格好の稼ぎ時だが不景気の折柄、五月晴れに頼まれるのは屋根裏の修繕ぐらいのものだ。

「ったく、貧乏暇なしだぜ」

「俺もだよ。小口の仕事ばっかりで泣けてくらぁな」

「腐るな腐るな。真面目にやってりゃ、一軒丸ごと任せて貰えるかもしれねぇだろ」

大工が三人、竪川(たてかわ)沿いの道を歩いていく。

一つ目の橋に最寄りの緒方家では、当主の真吾が登城の支度中。

奥方の冴も手伝っているものの、不慣れな様子であった。

「殿様、どうぞ」

「うむ」

冴が広げた肩衣を真吾は受け取り、肩の部分を手のひらで伸ばす。

張りを持たせるために仕込まれた鯨のひげがずれていたのをそのままに、冴が袖を通させようとしたからだ。

そつなく装いを自ら調える夫の姿を、冴は澄ました顔で見ているばかり。武家の妻らしからぬ未熟を恥じるでも開き直るでもなく、平然としたものだった。

「時に冴、真刀小僧は大宮送りになるらしいぞ」

ふと思い出した様子で真吾が言った。

「評定所の存じ寄りから訊き出した。刑に処されるのは月明けとのことだ」

「左様にございますか」

答える冴の口調は素っ気ない。

三十路を迎えて艶を増した美貌を横に向け、白い指先で後れ毛をいじっていた。

「構わぬのか、そなた？」

「元より赤の他人としか思うておりませぬので」

問われて答える声も冴は素っ気ない。

「ならば良い」

構うことなく真吾は脇差を取り、帯前に差す。

冴は刀を袖にくるみ、後に続いて廊下を渡る。

「行ってらっしゃいませ」

夫を送り出す冴は、一転して満面の笑み。

「行って参る」

真吾は嬉々として玄関を出た。

見送る冴の目は、もう笑っていない。

徳次郎のことを訊かれた時と同様の、醒めた眼差しを夫の背中に向けていた。


登城した代官たちを待っていたのは、上役の勘定奉行だけではなかった。

「皆の者、大儀である」

平家蟹を思わせる、厳めしい面構え。老中首座の松平越中守定信だ。

思わぬ大物に迎えられ、代官たちは緊張を隠せない。

その顔を更に青ざめさせたのは、続く定信の命令だった。

「代官は恐れ多くも上様の御名代として、任ぜられし地を治むる職ぞ。本来の有り様に疾く立ち返り、しかと励め」

「……………」

薄給の身に対し、酷に過ぎる話である。

江川家を初めとする大物の代官たちは最初から、この場に呼び出されてはいない。

集められたのは大名領や寺社領と隣接する、有り体(てい)に言えば管理をするのが厄介な支配地を任されている者ばかりである。浅間山噴火以来の飢饉の影響で逃散した村も数多く、手間と経費の不足を自腹で賄う負担が増えるばかりであった。

それでも地元の村から選んだ手代に御用を代行させ、自身は江戸にとどまって指示を出しておけば、任地での生活費を省ける。そんな唯一の逃げ道を定信は断ち、招集された全ての代官に赴任を強要しているのだ。

「越中守様、宜しゅうございまするか」

水を打ったかのごとく静まり返った中、真吾は物怖じせずに名乗りを上げた。

「存念あらば申せ」

許可を出す定信の態度は素っ気なかった。

その顔は相も変わらず厳めしく、文句も泣き言も聞く耳を持ってくれそうにない。

対する真吾は笑顔であった。

満面の笑みを絶やすことなく定信に言上する、声も明るい。

「お申しつけの儀、衷心(ちゅうしん)よりお礼を申し上げまする」

「礼とな」

定信は面食らった様子で問い返した。

対する真吾は笑顔のままだ。

「越中守様のご英断のおかげをもちまして、ようやっと重い腰が上がりました。向後はお任せ頂きし地にあって民を安んじることに専心つかまつり、微力ながら御政道の一端を担う身として、より一層の精勤をお約束申し上げまする」

「……殊勝である。更に励め」

定信は言葉少なに答えると席を立つ。

「越中守様、お待ちくだされ」

奉行が慌てて後を追う。

取り残された代官たちは思わず顔を見合わせた。

「……御用となれば是非もないか」

「……緒方を見習うて前向きに参ろうぞ。為せば成る、為さねば成らぬ何事も、だ」

「うむ、うむ、皆もその気になってくれて何よりだな」

それぞれ腹を括る同役の面々を、真吾は変わらぬ笑顔で見守っている。

しかし、その目は笑っていない。

登城する真吾を見送った時の冴と同じであった。

五

同じ頃、平蔵は牢屋敷を訪れていた。

地味な小袖に袴を穿き、大小の二刀を帯びて編笠で顔を隠した装いは、浪人めいていながらも品が良い。お忍びで江戸市中を見回るための装いである。

「真刀小僧、今日も元気そうだな」

「その呼び方は止めてくだせぇよ、旦那ぁ」

砕けた口調の徳次郎は、確かに溌溂としていた。

平蔵が徳次郎を牢から連れ出し、話をするのは拷問蔵。

二間牢に立て籠もった多吉らを狙い射るために登った屋根の下は、小伝馬町送りにされても口を割らぬ者を吊るし、縛り、石を抱かせる痛め吟味の場所。好んで近づく者は誰もいなかった。

元より平蔵に徳次郎を痛めつけるつもりはない。

人目を気にせず言葉を交わし、一時だけでも気晴らしをさせたいだけだった。

既に徳次郎には裁きが下っている。

信明が評定所で三奉行と評議を行った後に下した差図——判決の内容は、引き回しの上で獄門。刑は古巣の大宮宿にて執行されるため、月が明けて早々に江戸を離れる運びとなっていた。

「ったく、旦那は話にならねぇや。空元気って分かってるくせに、毎日からかいにお出でなさる。火盗の御役目ってのは、そんなに暇なんですかい？」

「暇じゃねぇから毎日来てんだよ。俺が市中に出るのは見回りのためだからな。頭が自ら出張らにゃ埒が明かないぐれぇ、人手が足りちゃいねぇのさ」

「残念でござんしたねぇ。俺を手先にできなくて」

「全くだ。上つ方は人を見る目がなくていけねぇ」

責め具が並ぶ拷問蔵の中、冗談と本音を取り混ぜながら二人は語り合う。

「そうだ、こいつを納めてくんな」

平蔵が懐から懐紙の包みを取り出した。

「何ですかい、そりゃ」

「心ばかしの餞別だよ。ほら」

「……旦那、こいつぁ小判じゃありやせんか」

握らされた包みを指の腹で撫で、徳次郎は戸惑った声を上げた。

「上げ底（ぞこ）なしで、この厚み……三両も、ですかい？」

「ご名答。流石は真刀小僧だ」

平蔵はにやりと笑って見せた。

「お前さん、この金で死に装束を揃えるがいいぜ」

「お役人がただで用意してくれるんですから、いりやせんよ。どうせ首を打たれる時は肌脱ぎにされちまうんだし」

「忘れちゃいけねぇよ。その前に引き回しって晴れ舞台があるじゃねぇか」

徳次郎が返そうとするのを平蔵は押しとどめた。

「浅葱（あさぎ）の帷子（かたびら）一枚で冥土（めいど）に行ったら、閻魔様も拍子抜けなさるに違いねぇ。歯ごたえのある奴だと思って手ぐすね引いてる牛頭馬頭（ごずめず）もがっかりするぜ。そんなことのねぇように、せいぜい見栄を張れって言ってんだよ」

「旦那、何もそこまで」

「俺にしてやれるのはこのぐれぇだ。頼むから見栄を張らせてくんな」

「……そこまで仰せでしたら、あり難く頂戴致しやす」

徳次郎は懐紙の包みを押し頂いた。

「旦那、こいつぁ俺のもんでございやすね」

「もちろんさね」

「だったら、好きに遣わせてくだせぇやし」

両手に載せられた包みを、そのまま平蔵に向かって差し出す。

「おい、何のつもりだい？」

「このおたからで、二間牢の連中に酒と美味いもんを差し入れてやってくだせぇ」

「それでいいのかい。ほんとに見栄を張らなくて」

「お言葉でございやすが、その見栄でおかしくなった身内がおりやしてね……ご雑作をおかけしやすが、牢屋同心には申しつけねぇでおくんなさい。俺ぁこれが初めてのこってすが、呆れるぐれぇ中抜きしやがるって牢名主が愚痴ってやしたし……どうかお願ぇ致しやす」

「お前さんの頼みだ。もちろん嫌とは言わねぇよ」

平蔵は笑顔で頷き、懐紙包みを懐に戻した。

「そろそろ戻る時分じゃねぇのか」

「左様でございやすね。今日のとこは、これで失礼を致しやす」

徳次郎は両の手首を重ねて、平蔵に差し出した。囚人を牢に戻す時は縄を打たねばならないからだ。

平蔵は頷くと、白い捕縄を取り出した。

「旦那、冥土の土産ってやつを受け取って頂けやすかい」

手首を縛られながら、ふと徳次郎が口を開いた。

「そんな気は使わなくていいぜ」

「いいえ、実を申せば、お願いしてぇことがあるんでございやす」

「そういうことかい。俺にできることなら、引き受けるぜ」

「かっちけねぇ。重ねて恩に着やす」

徳次郎は礼を述べると、真面目な顔で先を語った。

「あっしの姉に一人、大層な別嬪がおりやした」

「おりやした、ってことは死んだのかい」

「へい。百姓の娘としては、もうどこにもおりやせん。今はただの守銭奴でさ」

「生きているだけでも儲けもんだろうさ」

「あっしには、生きながら地獄にいるとしか思えやせんよ」

「……ちょいと待ってな」

平蔵は小声で告げると、拷問蔵の戸口に歩み寄った。

「こ、これは長谷川様、御役目ご苦労に存じまする！」

無言で開くと、牢屋同心が立っていた。

「おべんちゃらはいらねぇから、もう四半刻ばかし大目に見てくれ。こいつぁ俺からの心づけだ」

平蔵は盗み聞きを咎めずに紙入れを広げ、一朱金を同心に握らせた。

「しかと心得申しました。されば、ごゆるりと！」

ほくほく顔で礼を述べ、同心は板戸を閉めた。

「さて、詳しい話を聞こうじゃねぇか」

足音が遠ざかるのを聞きながら、平蔵は徳次郎に向き直る。

「姉の名は冴と申しやす」

「ほう、如何にも別嬪そうな名前だな」

そんな二人のやり取りを、壁越しに盗み聞く者がいた。

四月まで助役として火盗改を仰せつかっていた、松平左金吾だ。

持ち前の自信に満ちたな雰囲気は失せ、余裕なく目をぎらつかせている。

平蔵への対抗意識を更に燃え上がらせたのは、過日の立て籠もりの一件。

定信の危機は七光りの恩恵に浴していた左金吾にとって、真っ先に駆けつけなくてはならないことだった。

実際、平蔵が定信を救出する前に駆けつけはしたのである。

西の丸下の屋敷の様子がおかしいのを不審に思って問い質し、主君の親戚とあって無下にもできない家臣たちの口を割らせた左金吾は、押っ取り刀で小伝馬町まで走り来たものの警備の町方同心に足止めされ、揉み合う内に事は終わってしまっていた。

それ以来、左金吾は定信に合わせる顔がない。

過剰な自尊心ゆえのことである。

その自尊心にそそのかされるがままに左金吾は考えた。

後れを取った穴を埋めるためには平蔵を出し抜いて、大手柄を立てるのみ。

そこで市中を見回る平蔵を秘かにつけ回し、探りを入れていたのだ。

拷問蔵の壁は意外と薄く、痛め吟味に泣き叫ぶ囚人の声が丸聞こえなのを左金吾は承知の上。

もちろん平蔵と徳次郎のやり取りは声を張り上げるわけではなく、全てを耳にすることは叶わなかったが、要点だけは聞き取れた。

「事もあろうに代官が夫婦揃うて、大盗から稼ぎの上前をはねておったとは……これは捨て置くわけには参るまい」

牢屋敷を出た左金吾はひとりごち、力強く歩き出した。

六

明るく前向きで御用熱心。

緒方真吾は、そんな印象を周囲に与える男である。

今日も定信に招集されたついでとばかりに御城中の御殿勘定所まで足を運び、出世した朋輩(ほうばい)たちを気後れせずに訪ね回る一方、書庫で調べものにも勤しんだ。

日が暮れて本所の屋敷に戻ると、冴が豪華な膳と共に待っていた。

「十三湊(とさみなと)に送った荷は、木葉殿が確かに受け取られたとの由にございまする。妹御の咲夜先生が知らせてくださいました」

「それは良かった。後はお代を待つだけだな」

仕出しの膳を前にして、真吾は安堵の息を漏らす。

「お金も大事でございましょうが、それよりも松前様にお気に召して頂くことが肝要なのではありませぬか」

「そのことならば大事ない。こちらには葵の御刀があるのだ」

「それではご献上なさるのですね」

「俺が後生大事にしても始まるまい。立ってるものは親でも使えと申すだろう?」

「まぁ、それをお前様が申されますか」

冴は微笑み交じりに告げると酒器に手を伸ばした。

「前祝いに、おひとつどうぞ」

「うむ。そなたも呑むがいい」

悪しき夫婦は上機嫌で杯を交わした。

真吾が御用熱心に見えるのは代官の立場を利用した裏の稼ぎに役立てるため、怪しまれずに出入りのできる勘定所で情報を集めることに余念がないからだ。

その稼ぎ口は二つあった。

一つは冴の実の弟である真刀小僧こと徳次郎と結託し、盗品を運び出すのに用いる会符を都合して、礼金を受け取ること。

いま一つは木葉刀庵の依頼を受け、村備えの鉄砲を集めることだった。

表向きは上方(かみがた)で人気を博した太平記語りである刀庵は、飢饉で年貢を払えずに逃散した村々に徳次郎の一味を出向かせ、回収させた鉄砲を買い上げていた。

畑を荒らす鳥や獣を追い払うために備えつけられた鉄砲は年代物が大半で、古いがゆえに破損して使い物にならなくなり、修理を頼もうにも近隣に鉄砲鍛冶がいない村が殆どで、形だけ置かれている場合が多かった。

そんな役立たずの鉄砲を逃散するのに持ち出す筈もなく、無人となった村を巡れば容易く手に入ったのである。

そこで真吾は鉄砲集めにも乗り出し、徳次郎が落ち目になって会符の需要が絶えてからは、それのみに専心していた。

集めるのに使役したのは、任地の陣屋を預けた手代たち。お目付け役の手付は軽輩ながら御家人のため話に乗ってくるはずもなく、逆に邪魔されたため手代たちに口を封じさせ、亡骸は山に埋めさせた。

そこまでする目的は将軍家を見限り、蝦夷地を支配する松前家に鞍替えすること。

松前家は刀庵が秘かに集めて修理し、密売する闇鉄砲の一番のお得意先。

その仕事に協力し続けた甲斐あって、真吾は松前家の現当主である道広から、仕官の誘いを受けるに至ったのだ。

かねてより松前家は家中を強化するため、才覚のある藩士を求めている。

その求めに応じるために、真吾は三つの引き出物を用意した。

家斉の御刀と剣術の才、そして算勘の腕である。

松前家は幕府が長崎貿易で銅の代わりに支払う、俵物の一大産地だ。

海産物が豊富な蝦夷地ならではの産物だが、異国、とりわけ清王朝が支配する唐土において珍重される俵物を直に取引できれば、商人を経由して幕府に売り渡すよりも儲けは大きい。役立つ筈の内情は調べものを装い、書き溜めてある。

元より勘定畑の真吾が、最も得意とするのは算盤勘定だ。

加えて腕も立つと来れば、強気な取引相手も目ではない。

松前家は積年の財政難に道広の浪費が重なり、出入りの商人に海産物の利権を独占されて久しい。借金の一部を棒引きにさせる引き換えとはいえ、道広にしてみれば口惜しい限りであり、巻き返す機を伺っていた。

真吾と冴にしてみれば、まさに渡りに船である。

「俺は幸せだ、冴」

「私もでございますよ、殿様」

「そなたが我が家へ奉公に参った日から俺は心を奪われていた。実は父が側妾とするために屋敷に入れたと知っても、その気持ちは揺るがなんだ」

「大殿様をお手にかけられたこと、真に悔いてはおられませぬのか？」

「後悔などあるものか。あれは死んで当然の男であった」

「大奥様も、ですか」

「あれは勝手に自害しただけだ」

酔いに任せてうそぶく真吾は、亡き両親と血が繋がっていない。

子宝に恵まれず、側室を幾度となく替えても跡継ぎを授かれずにいた義父が、代官として支配する村から迎えた名主の子であった。

農村でも名の在る家は元々武家である場合が多く、七歳で養子となった真吾も幼いながらに躾が行き届いており、算盤もその頃から得意としていた。

出来の良い跡継ぎを得たにもかかわらず、真吾の義父が冴を側室にしたのは老いても尽きぬ色情ゆえのこと。

「全く、思い出すだけで気分が悪うなるわ」

他に行き場はなかった義母は夫が真吾に斬られた事実を隠蔽し、見返りに養われて余生を過ごすことを望んだが、程なく自害した。生かしておいても依存されるだけと見切り、追い込んだのは冴だった。

ほとぼりを冷ますため、ひとまず冴は義父の友人だった旗本の養女となった。

真吾は冴を犯させまいと義父を斬り殺した直情径行（ちょくじょうけいこう）さと、露見するのを避けて悪事を成就させる慎重さを併せ持っている。

その慎重さは冴とも相通じる性質で、夫婦になるまでに四年をかけた。竜之介が冴を旗本の娘と思い込んでいるのは、そんな偽装に騙されてのことである。

「そなたのほうこそ、義理の親父と弟が鬱陶しゅうはないのか？」

「いずれも良き金づるでございます。小金ではありますけど」

「ふん、親子揃うて助平どもが」

「なればこそ言われるがままなのですよ。腐っても直参なれば、いずれ使い道はありましょう」

「その時はせいぜい役に立って貰おうぞ」

「はい」

冴はまた酒器を取った。

「もう十分だ。そなたこそ呑め」

「まずは男らしゅう乾してくださいまし」

嫣然と微笑むと、冴は空いた小鉢を酒で満たす。

「さ、どうぞ」

「うむ……参るぞ」

「流石は殿様、お見事ですこと」

明るい声で煽りながらも、冴の目は醒めたままだった。

七

竜之介は梅雨の最中も、地道に探索を続けていた。

「風見、雨宿りでもして参れ」

芝の大横町近くを通りかかった時、呼び止めたのは俊則だった。

供も連れず、自ら傘を手にしている。

かつての師匠は一国の大名にして、将軍家剣術指南役。

偶然に出会う筈もない。

用向きあってのことと察しながらも、竜之介は後に従った。


上屋敷内に設けられた稽古場は、午後になっても盛況であった。

「あっ、風見様」

「先日はお構いも致さずに、ご無礼をつかまつりました」

そんな声をかけてきたのは探索を仕切り直した時に訪ねた、かつての弟弟子たち。

入門した当時は十歳前後だったのが元服し、大人に交じって稽古をするのに耐えるまでに成長している。

竜之介が意次の甥であるのを嫌悪するでもなく、旧交を温めに訪ねてきたのを恐縮しながらも眩しげに、四年前まで門下で指折りだった兄弟子を見つめていた。

「どうだ風見、そろそろ戻って参らぬか」

「先生のご用向きは、そのことでございましたのか」

「一つはそれだ。いま一つ、おぬしに言うておかねばならぬことがある」

見所に誘った俊則は、下座に膝を揃えた竜之介に向かって問う。

「おぬし、緒方真吾を訪ねてはおらぬのか」

「……迷う末にお訪ねしました」

「あやつ、腕は衰えたか」

「昔日と変わってはおられませぬ」

「さればまだ、おぬしを出し抜くこともできる筈じゃ」

「………」

かつての師が何を言わんとしているのかを、竜之介は理解した。

竜之介が実は左利きであることを、真吾は身を以て知っている。

この稽古場で立ち合い、左に持ち替えて振るった竹刀を受けたからだ。

こちらの手の内を知っていれば、逆に機先を制するのも容易い。

竜之介が成敗する寸前に主馬を斬り捨て、左手で繰り出した脇差をかわし、家斉の御刀を奪い去った可能性が最も高いということだ。

「人は見た目では分からぬものぞ」

「……外面如菩薩、内心如夜叉でございまするか」

「儂が教えたのを覚えておったか」

「伯父が失脚せし後に、その手の者どもを山ほど目に致しました」

「ならば、自ずと見抜ける筈じゃ」

「……ご免」

竜之介は一礼し、見所から板敷きに降り立った。

稽古中の面々の邪魔にならないように、下手の通路を抜けていく。退出する際には出入口の前で一同に向き直り、立礼をするのも忘れなかった。

八

降り止まぬ空の下、竜之介は家路を辿る。

傘を打つ雨音が、やけに大きく聞こえた。

「……」

真吾を疑うことは心苦しい。

入門したての頃から親身になって接してくれた、一番の兄弟子なのだ。

しかし俊則の言う通り、条件は全て当てはまる。

可能性がある以上、答えを出さねばなるまい——。

煩悶しながら足を向けた先は、同じ神田の十兵衛の屋敷であった。


「先輩？」

縁側に姿を見せた竜之介を、十兵衛は驚きを隠せぬ顔で見返した。

「何とされたのですか、ずぶ濡れですよ」

「分かっておる。少し頭を冷やしたくてな……」

つぼめた傘を片手に提げたまま、竜之介は十兵衛の傍らに視線を向けた。

「蚤（のみ）取りをしておったのです。ちょうど終わったところですよ」

梳き櫛を手にした十兵衛の言う通り、雷電（らいでん）は満足そうに丸くなっている。

幼い頃から動物を好んだ十兵衛に意次が与えた、紀州生まれの犬である。

「雷電に合力を頼みたいことがある……話を聞いては貰えぬか」

「心得ました。されば、まずはお上がりください」

「かたじけない」

「いいから、いいから。水臭いことは言いっこなしです」

明るい笑みを返した十兵衛は必要以上に詮索せず、手ぬぐいを幾枚も持ってきた。

ありがた難く使わせて貰い、まずは顔面の水気を拭きとる。

冷えた素足が急に暖かくなった。

慌てて手ぬぐいを取ると、雷電が足の甲に載っている。

熊をも恐れぬ雷電は猟犬として山を駆け、全身を鍛え上げている。

それでいて潰れる程の重みを感じぬのは、十兵衛と共に懐いた竜之介に甘えながらも加減をしているからだ。

「……………」

竜之介は無言でしゃがみ、背中を撫でた。

硬い毛の下に茂る柔毛に触れられ、雷電は気持ちよさげに両目を閉じた。

「この雨で散歩を装うて礼儀正しゅう上がり込むのは、かえって不自然でしょう。元より知らぬ仲でもありませんし、少々荒っぽい手で参りましょうよ」

竜之介の話を聞き終えた十兵衛は、らしからぬことを言い出した。

「おぬし、もしや真吾殿に含むところでもあるのか」

「私も仏様ではありませぬので、腹に据えかねたことの一つや二つはございます」

問われて答える十兵衛の声から、いつもの朗らかさが消えていた。

「……左様か」

それ以上は問うのを止め、竜之介は共に雨の中を歩き出す。

今度はきちんと傘を差し、先を往く雷電の後についていく。

手入れを終えたばかりの毛を雨に晒すことを、雷電は全く気にしていない。

竜之介の用で連れ出されたと分かっているらしく、進みゆく足の運びは日の本の犬の中では大型だけに逞しいものだった。

神田の町を後にした二人と一頭は、両国橋を渡って本所を目指す。

竪川沿いにしばし歩くと、真吾の屋敷が見えてきた。

門が閉じられているのはともかく、潜り戸も空いていない。

「ご免」

「ご免！」

雷電に門の下で雨宿りをさせておき、二人して訪いを入れても返事はない。

番をする者も見当たらぬということは、中から戸閉めの金具で締めたのだ。

代官の江戸での出張所を兼ねるにしては、不用心に過ぎる。

「妙ですね」

「うむ……」

門前で戸惑っている内に雨は止み、雲間に晴れ空が垣間見えた。

空を見上げる二人の耳に、ぽん、ぽぽん、と場違いな音が聞こえてきた。

「打ち手はおなご……素人もいいところですね」

「この鼓、冴殿か」

「恐らく」

竜之介に答える十兵衛の顔は白けている。

屋敷の中から聞こえるということは在宅中で、竜之介と十兵衛が訪ねてきたことも承知だろう。にもかかわらず、呑気に鼓など打っているのだ。

急に訪ねて来られたとはいえ、不愛想にも程がある。

こちらも無礼を気にせず、声高に呼んでみるべきか――。

「うぬら、何をしておる」

背後から剣呑な響きの声がする。

すかさず雷電が唸り声で応じた。

誰彼構わず威嚇をさせる躾など十兵衛はしていない。

二人に向かって真吾が浴びせた、殺気を感じ取ったのだ。

真吾と出会い頭にに雷電をけしかけ、人を相手にする時は隠す本性を見極める。

そんな当初の目論見は、図らずも達成されたと言えるだろう。

だが、真吾は十兵衛が見なした以上に獰猛であった。

「畜生め、往生せい」

真吾が鯉口を切るのと、竜之介が割って入ったのは同時だった。

柄と柄がぶつかり合う、低くも鋭い音がした。

「風見……これは如何なる狼藉だ」

抜刀しかけたのを上から押さえられ、動けぬ真吾が歯を剝いた。

「そのお言葉、そっくりそのままお返しします」

答える竜之介の声は落ち着いたもの。されど真吾に向けた視線は険しく、このまま刃を交えることも辞さぬ気迫が込められていた。

「こやつ、お代官に無礼な真似を！」

「我らもご加勢つかまつりますぞ‼」

口々に声を上げたのは、真吾が引き連れてきた男たち。

数は十人。板に付いていないながらも大小の刀を帯びた者がいれば、木刀を後ろ腰に差しただけの者もいる。代官として真吾が抱える手代と足軽、中間と思われた。

「待てっ」

止める真吾の声は動揺を帯びていた。

冷静になった途端、迂闊だったと気づいたらしい。

だが、もう手遅れだ。

「いい加減にしてくだされ。せっかく興も乗って参りましたのに……何ですか、その可愛げのない犬っころは？」

真吾の動揺に追い打ちをかけるかのごとく、冴が潜り戸を開けて姿を見せた。

値の張りそうな鼓を無造作にぶら提げて、雷電と会うなり睨みつけている。斯様な姿を見せられてしまっては、どんな美女でも興が醒めるというものだ。

「用向きあってお訪ね致したが、お邪魔だったらしゅうござるな」

竜之介は淡々と告げ、踵を返す。

雷電を宥めていた十兵衛も腰を上げ、無言で一礼して後に続く。

「風見、待ってくれ。おーい、倉田っ」

真吾の呼びかける声が背中越しに聞こえたが、竜之介は振り向かなかった。

「先輩に用がある、何としても出向かせると脅したくせに、だらしのない……」

十兵衛がぽつりと呟いた。

「あれの善人面は昔から見せかけです。真にふざけた奴ですよ」

滅多に人のことを悪く言わない温厚な青年旗本が、怒りに声を震わせていた。

九

真吾の快活な顔の裏には、おぞましい素顔が隠されていた――。

夢想だにしなかった本性を目の当たりにした竜之介の衝撃は、十兵衛と雷電に別れを告げ、屋敷に戻っても鎮まらなかった。

「何となされたのですか？」

再び降り出した雨を縁側で眺めていると、弓香が声をかけてきた。

「いや……」

「話して楽になることもございます。虎和も寝ておりますし、ね？」

部屋に戻った竜之介は、弓香に一部始終を語った。虎和をあやしながら眠っていた多門もいつの間にか目を覚ましており、門前での一幕から黙って耳を傾けた。

「一皮剝けばそういうもんじゃよ、婿殿」

剽軽な顔に困ったような表情を浮かべながらも、多門はずばりと竜之介に告げた。

「察するに、その夫婦はとんだ見栄っ張りじゃな。その見栄を張り続けるために本性を隠し続けておったのじゃろう……老中にまでご出世なすった主殿頭様の甥御である竜之介さんが相手なればこそ、な」

「……………」

「人の性、とりわけ見栄というのは恐ろしい。そのために金も時間も注ぎ込んで、後には何も残らんのだからな」

多門はおぞましげに呟くと、弓香は顔を顰めた。

「左様な者になど、なりたいとも思いませぬ」

「弾正様にご助勢を願うて詳しゅう調べ、裏を取ります。その上で、しかるべく」

竜之介は力強く宣言した。

十

それから五日が過ぎた。明日は五月の二十八日。いよいよ川開きの当日である。

「緒方真吾……叩けば幾らでも埃が出そうだな」

堅川の対岸から真吾の屋敷を見張りつつ、呟いたのは左金吾。

あれから独自に、探索を重ねていたのである。

拷問蔵で徳次郎が平蔵に明かしたのは、冴が自分の姉だという事実。

代官は百五十俵取りとはいえ、責任の重い御役目だ。

その奥方が大盗の身内というだけでも聞き捨てならぬことだが、いざ調べてみると真吾の行動は不審な点が多かった。

精勤しているようでいて何の成果も挙げておらず、それでいて勘定所にしばしば出入りをしては、調べものをするのに余念がない。

勘定所は公儀の財政に関する情報の宝庫。

奉行配下の役人がその気になれば、漏洩(ろうえい)はやり放題だ。

しかし平蔵は真吾に探りを入れようとはせず、あれから牢屋敷を訪れてもいない。

らしくないことだが、左金吾にとっては好都合。

真吾の悪事を暴き立て、目付に突き出すのだ。

火盗改を免じられても、左金吾には先手鉄砲頭という肩書きがある。

同じ旗本でも、御公儀の信用は自分が上。

動かぬ証拠が一つでも見出せれば、取り押さえるつもりだった。


「……脇が甘いぞ、おぬし。あれでは屋敷内から丸見えだ」

左金吾の姿を後方から見やり、平蔵は呟いた。

盗み聞きをされていたのに気づかぬ程、平蔵の勘は鈍くはない。

承知の上で見逃したのは、同情あってのことだった。

真刀小僧こと徳次郎をお縄にして多吉らを倒し、裁きが下されたことで既に平蔵の役目は終わっている。

徳次郎が最後に望んだのは、

『姉さんをおかしくしちまったのは、あの旗本に違いねぇ。手遅れになる前に、何とかしてやっておくんなさい』

という願いだったが冴も真吾に負けず劣らず、と言うよりも内に秘めた悪の本性は夫の上を行くと平蔵は見なしていた。徳次郎には悪いが、元より手遅れだったのだ。

平蔵が悪しき夫婦の顔と分不相応な浪費ぶりを確かめた以外に何もしていないのは、悪代官とその奥方を摘発し、罪に問うのは左金吾に任せてもいいと思えばこそ。

左金吾はやる気だけはある男。

本腰を入れて取り組めば、結果を出せぬこともあるまい。

そう配慮してのことだったが、左金吾は思った以上に甘かった。

真吾の屋敷には五日ほど前から、軽輩の侍や中間が出入りをしている。

見たところ支配地から江戸に出てきた手付と足軽、中間らしいが、いずれも公儀の御用を末端ながら支える気概を感じ取れない、平蔵が御役目で相手取る盗賊、それも外道と呼ばれる連中に近い雰囲気を漂わせていた。

迂闊に屋敷に近づけば、左金吾が危ない。

堪りかねて平蔵は前に出た。

「長谷川さん」

横から呼びかける声が聞こえた。

「おお、竜之介さんか」

「久方ぶりにございまする」

「お前さん、どうしてあの旗本を？」

「疑わしき儀あってのことにござる」

「疑わしいって、お前さん……」

「調べましたるところ緒方配下の手付が一名、半年前から行き方知れずになっておりました。江戸を出立し、支配地に向かう途次で消息を絶っておりまする」

「それで緒方が疑わしいってのかい」

「真偽は問い質さねば分かりませぬが、手にかけたと見なすべきかと存じまする」

「……」

竜之介の言葉は怒りを込めながらも、探索に裏づけられたものだった。

奥小姓の身で捕物の真似事をしたがる程、愚かには見えない。

とすれば、理由は二つ。

私的な事情あってのことか。あるいは上つ方から秘かに命を受けてのことか。

後者だろうと平蔵は判じた。

「分かったよ。俺はこれで引き揚げるぜ」

「御役目ではなかったのですか」

今度は竜之介が慌て始めた。

余計なことを口にしてしまったと気づいたのだろう。

この若い旗本、腕は立つが脇が少々甘いらしい。

そうは言っても、左金吾よりは遥かに上だ。

「竜之介さん、あそこに能天気な野郎がいるだろ」

「川を挟んでいても、あれでは丸見えですね……あの御仁が、何とされましたのか」

「あいつは松平左金吾って、俺と同じ先手組の鉄砲頭よ」

「されば、越中守様のご縁戚の？」

「ご名答。手柄欲しさに先走ってるみてぇでな。できれば止めてやってくれねぇか」

「それがしに、ですか」

「いずれお前さんの邪魔にもなるはずだ。今の内に遠慮して貰ったほうがいいだろ」

「……しかと承知つかまつった」

「頼むぜ」

頷く竜之介をじっと見返し、平蔵は言った。

「ところでお前さん、緒方真吾の奥方は知ってるかい」

「冴……殿か」

「嫌そうな顔をしたな。お前さんもあれの本性を知ってんのか」

「その一端を、過日に目の当たりに致し申した」

「ったく、徳次郎も気の毒な奴だよ。女狐でも姉だと思って、気に懸けてやがるのさ」

「身内の欲目、にござるか……」

「徳次郎もあの世から見りゃ分かってくれるだろうよ。しかるべく頼むぜ、竜之介さん」


平蔵が去った後も、竜之介は監視を続けた。

真吾の屋敷と、それを見張る左金吾の両方を、である。

「ご苦労じゃな、婿殿」

「義父上？」

不意に現れた多門に、竜之介は思わず声が上ずった。

「流石は長谷川平蔵、噂に違わぬ御仁だのう」

「いつから聞いておられたのですか……」

「おぬしのことが気になってな。手伝えればと思うて後を追って参った」

「お気持ちはかたじけのうございまするが、あらかじめ言うてくだされ」

「すまん、すまん」

竜之介に詫びた上で、多門は言った。

「松平左金吾じゃが、わしに任せて貰えんか」

「何となされるのですか」

「まずはこの場から引き離そう。下手に首を突っ込まれては困るし、さりとて越中守様のご縁戚を無下にもできぬからのう」

そんな言葉を交わしながらも、二人は屋敷と左金吾から目を離さない。

「おっ、今日はお帰りのようじゃ」

左金吾が踵を返し、堅川に背を向けるのが見える。

その後を二人の男がつけていた。

「あやつらは、代官配下の」

「見知っておるのか、婿殿」

「緒方真吾が支配地より呼び寄せた者どもの中におりました」

「されば、あれは足軽と……法被は着ておらんが中間じゃな」

「左金吾殿に手を出すつもりでしょうか」

「あり得ることじゃ。様子を見て参ろう」

「お頼みします、義父上」

「任せておけ」

竜之介に笑みを返し、多門は歩き出す。

ずんぐりむっくりしていても、足の運びは速い。

左金吾は大川端に出て、新大橋を渡るつもりらしい。

両国橋を利用すれば真吾に気取られると、一応は用心しているのだ。

だが、やはり脇が甘い。

「お武家様、ちょいと恵んで頂けませんかい」

土手道に人気が絶えた隙を衝き、強請りたかりを装って近づく中間は着流し姿。

相方の足軽は土手の下から左金吾に迫りつつあった。

「待て、待て。ご大層な身なりでも嚢中無一文というのは、よくあることじゃぞ」

とぼけた声で呼びかけながら、多門は間に割って入った。

「何だじじぃ、こいつの家来か」

「阿呆。どこの家中に殿様をけなす馬鹿がおるんじゃ」

威嚇する中間に、多門はじりりっと迫る。

「おのれっ」

足軽が跳び上がりざま刀を抜いた。

「ほう、それなりに遣いよるな。されど、生兵法でわしは斬れんよ」

斬りかかるのをかわした瞬間、多門は軽く手刀を叩き込んだ。

「ぐわっ」

「ほい、ご苦労さん」

よろめくところに蹴りつけ、土手の下へ転げ落とす。

「さて、お前はどうするね」

「お、覚えてやがれ」

悔しげに叫ぶなり、中間は駆け出した。足軽も起き上がり、慌てて後を追っていく。

「ご無事で何よりでしたな、松平左金吾様」

「おぬし、何故にそれがしを？」

「ご老中に頼まれましたのじゃ。貴殿に軽はずみな真似をさせんようにと」

「え、越中守様にだと……」

定信の名は効き目が強いらしい。嘘も方便、である。

「お前様が無茶をせんでも、緒方真吾と一族郎党に先はござらん。天網恢恢疎にして漏らさずと言いますじゃろ」

「……向後は自重をさせて頂くと、越中守様に伝えてくれ」

恥じた様子で面を伏せ、左金吾は多門に背を向けた。

十一

左金吾が退いてくれたとなれば、もはや邪魔は入るまい。

翌日早々、竜之介は家斉への報告に及んだ。

「されば、そやつが余の光忠を奪いおったと」

「左様に判じまする」

「手許になくば、何とする？」

「恐れながら御刀を抜きにしても、余罪の多き者にございますれば……」

「風見が申す通りにございまする」

御用の間に入ってきたのは定信だった。

「緒方真吾はまさに外面如菩薩……拙者も一度は謀られ申した」

恥じた面持ちでそう呟くと、定信は家斉に向かって言上した。

「緒方が支配地を手の者に調べさせましたところ、村備えの鉄砲がことごとく持ち出されておりました」

「逃散もしておらぬのに、か？」

「破損して用をなさず、形だけ置かれていたものにございます。しかも近隣の大名領と寺社領にまで被害は及んでおりました」

「恐れ知らずな奴だ。代官ならば手付もおろう」

「その手付が一名、半年前から行き方知れずになっておりました。山中に埋められし亡骸には、骨まで達した刀傷が複数見受けられたとの由にございまする」

「ふむ……もはや光忠どころではないな」

家斉が竜之介に視線を向けた。

「聞いての通りだ。緒方真吾を成敗し、光忠があらば持ち帰れ」

「謹んで、御下命を拝し奉りまする」

十二

梅雨明けを思わせる晴れ空の下、真吾の屋敷では中間たちが穴を掘っていた。

埋められるのは左金吾を襲って仕損じた、足軽と中間だ。いずれも真吾が一刀の下に斬り捨て、筵を敷いただけの地べたに転がされていた。

「もそっと深うなさい。この間の犬っころが掘り返しに来るやもしれませぬよ」

「大事ない。この屋敷も。じきに他人のものだ」

真吾は月が明けると同時に辞職を願い出て、禄も返上することに決めていた。

埋めた亡骸が見つかる頃には、江戸を遠く離れた空の下だ。

松前の家中に加わる真吾には、幕府も容易に手は出せまい。

あやかろうと同行を志願した、手代らも同様である。

とはいえ、揃って庇護を受けるには代償が必要だ。

そこで物を言うのが、光忠作の一振り。

道広は何につけても貪欲な質だという。

蝦夷地の支配の強化を手伝うのは望むところだが、冴だけは渡すまい。

十三

好天は夜が更けても続いていた。

「あー、今日はよく働きましたぜ」

「ほざけ。墓穴を掘っただけだろうが？」

「だらしのない奴らめ。少しは用心致さぬか」

ぼやく中間をどやしつけ、二人の足軽が腰を上げた。

真吾にあてがわれた一室で雑魚寝をするのも、あと数日。

縁側に出た足軽たちの目に、大輪の菊を思わせる花火が映る。

「おお、見事なもんだな」

「真だのう。華のお江戸の見納めに申し分ないわ」

感心した様子で呟いた直後、どっと足軽たちが倒れ込む。

二人まとめて足を払ったのは多門の手槍。

三尺柄の三筋を繋げ、一筋の長槍に変形させてのことだった。

声を上げる前にのしかかり、抜いた脇差で次々に脾腹を抉る。

部屋には弓香が乗り込んでいた。

「何奴だっ」

「おのれ！」

二人の手付が怒号と共に襲い来るのを、弓香は続けざまに斬り倒す。

庭に逃げ出す中間どもを、待ち受けていたのは竜之介。

「この野郎」

「やっちまえ」

手に手に短刀を振りかざしたのを叩き伏せ、奪った得物で刺し貫く。

刀を抜き打つまでもなく一掃し、竜之介は独り廊下を突き進む。

「風見、うぬはどうかしておるぞ」

蠟燭の光がまばゆい奥座敷に立ち、抜き身を手にした真吾は意外にも冷静だった。

激していれば倒しやすいが、簡単にやられる気はないらしい。

右手の一振りは光忠とは違う。刃文を見ずとも姿から堅実な古刀ではなく、今出来の見目良く値も張る新刀と察しがついた。この男、どこまで散財したいのか。

「どうかしておるのは、おぬしでござろう」

「ふっ。左様な紋所など、将軍家を見限りし身には効かぬぞ」

葵の御紋を額に頂く竜之介に負けじと、真吾は歯を剝いて毒づいた。

「俺はうぬを可愛いと思うたことなど一度もない。流石は主殿頭の甥だけあって、小憎らしいとしか見なしてはおらなんだわ」

己を正当化するために、人を貶めることを平気でほざく。

身勝手な人間の典型だ。

「左様か」

対する竜之介は冷静そのもの。

「落ちぶれ田沼め、悔しかろう？」

「…………」

竜之介は挑発に乗ることなく、無言で縁側に立っていた。

対する真吾は、部屋の敷居を踏み越えようとせずにいる。

以前に招きを受けた時、鴨居に薙刀が架けてあるのを竜之介は目にしていた。

「うぬがごときを見込んで御用を申しつくるとは、上様も不明なことよ。なればこそ武井主馬が児戯を褒め、名刀を下げ渡したのであろうがな」

竜之介を返り討ちにせんとする、真吾の悪辣な罵倒は止まない。

「その御刀、返して貰うぞ」

「ふん、取れるものなら取ってみろ」

真吾は不敵に笑って見せた。

「直参が何だ。つまらぬ苦労をさせられただけだ。俺は松前候の下で再起するのだ」

「松前候に鞍替えすると申すのか」

「今に見ておれ。主殿頭が果たせなんだ大望を、俺は果たしてくれるわ」

「ほざくでない！」

竜之介は怒りを込めて言い放つ。
この男の内面は腐りきっている。
譬えるならば、人の姿をした毒虫だ。
いや、それも虫に対して失礼だろう。
「来い」
竜之介の怒りを意に介さず、真吾が煽る。
応じて竜之介は間合いを詰めた。
煽りにそのまま乗ったわけではない。
鴨居の下を避けて縁側を駆け、焦れた真吾を座敷から誘い出す。
真吾の斬撃が迫り来た。
斜めにした刀身で受け流し、返す刃で斬り返す。
それだけではない。
「くっ」
真吾が慌てて跳び退る。
竜之介が左手で脇差を抜いたのだ。
右手の刀で攻め、左手の脇差で防御するのが二刀流。

だが、竜之介は二刀を攻めに遣うことができる。

更に言えば、左の攻めは右に勝る。

その業前は、真吾に御刀を奪われた時よりも冴えを増している。

竜之介は幼い頃から敗北や失敗を無駄にせず、己を鍛える糧にする質。

増長するばかりだった真吾の技は、もはや伸びしろも何もない。

「ま、待て」

堪らず真吾は後ずさる。

その背を目がけ、長柄の一刀が振り下ろされた。

「ほほほほほ。臆病風に吹かれた男など足手まとい。助太刀するには値しませぬ」

晴れ晴れした顔で笑う冴は薙刀を手にしていた。

真っ二つにされた真吾を見下す目は、これまで以上に醒めている。

元より愛情など抱いてはいなかったのだ。

「私はこれより松前の殿様にご寵愛頂く身。こんな男はもういりませぬ」

「おぞましい……こやつにとっては、地獄が極楽なのでございましょう」

援護に駆けつけた弓香が、竜之介に告げてきた。

冴の技量を侮ることなく、中段の構えを取って警戒している。

多門も庭で長槍を構え、抜かりなく退路を絶っていた。

「地獄が、極楽……」

その一言で竜之介は理解した。

ああ、そういうことだったのだ。

冴は、安定を喜びとは思わぬ人間。

奉公したあるじの夫婦を、養女に迎えられた家を、そして実の弟を見限り、夫まで亡き者とした上で、北の地に新たな拠り所を求めようとしているらしい。

図らずも松前の家名を耳にして、竜之介は驚きを覚えていた。

だが、今は外道の成敗が先である。

冴から話を訊き出すことは、断念せざるを得ないだろう。

元より言葉が通じるはずもない。もはや人とも呼びたくない。

「夜叉（やしゃ）め……」

竜之介は冴を睨み据えた。

「ほほほ、何とでもほざきなされ」

冴は動じることなく竜之介に言い返した。

「うぬが棲みかの地獄に帰るがいい！」

怒りの二刀が灯火の下に弧を描く。

薙刀の一閃を刀で受け、脇差で刺し貫く。

なまじ武芸の心得を持っていれば、二刀流の攻めは右だと先読みをしてしまう。

その逆を行く竜之介の二刀の捌きに、冴は脆くも敗れたのだ。

人を騙すことを常としながら、脇が甘いことである。

息の根を止めた悪女を見下ろす竜之介に、花火の響きが遠く聞こえる。

川開きの夜に打ち上げる花火は本来、川で亡くなった者の霊を弔うためのもの。

「こやつらに花火は勿体なかろう。地獄の業火が似合いじゃよ」

元に戻した手槍を携え、竜之介に寄り添った多門が呟く。

「殿様、あちらを」

弓香が床の間を見るように竜之介を促した。

漆の塗りも麗々しい刀箱が見える。

錦の袋に納めた上で仕舞われていたのは、見紛うことなき丁子刃に蛙子丁子が入り交じる、古の備前の刀匠が手がけた一振りだった。

十四

「風見、受け取れ」

竜之介が謹んで御用の間に届けた御刀は、そのまま家斉から下げ渡された。

「そのほうの身の丈に磨り上げの古刀は合う筈だ。向後は頭巾と共に用いよ」

「ははーっ」

図らずも拝領するに至った御刀は、鎺（はばき）と茎（なかご）に十三蕊の葵の御紋。

新たに授けられた将軍家の威光の証しを前にして、竜之介の童顔が引き締まる。

「おお、凜々しい顔になりおったぞ」

「不覚を取らば即刻召し上げる。左様に心得おれ」

白い歯を見せる家斉の傍らで、定信は竜之介に釘を刺すのを忘れない。それが使命と心得る老中首座の強面を、同席した信明と忠籌は微笑み交じりに見守っていた。

二見時代小説文庫

ご道理(どうり)ならず　奥小姓裏始末(おくごしょううらしまつ)2

著者　青田圭一(あおたけいいち)

発行所　株式会社　二見書房
〒一〇一-八四〇五
東京都千代田区神田三崎町二-一八-一一
電話　〇三-三五一五-二三一一［営業］
　　　〇三-三五一五-二三一三［編集］
振替　〇〇一七〇-四-二六三九

印刷　株式会社　堀内印刷所
製本　株式会社　村上製本所

落丁・乱丁本はお取り替えいたします。
定価は、カバーに表示してあります。

ISBN978-4-576-20164-1
https://www.futami.co.jp/

森 真沙子

柳橋ものがたり

シリーズ

①船宿『篠屋（しのや）』の綾
②ちぎれ雲
③渡りきれぬ橋
④送り舟
⑤影燈籠

訳あって武家の娘・綾は、江戸一番の花街の船宿『篠屋』の住み込み女中に。ある日、『篠屋』の勝手口から端正な侍が追われて飛び込んで来る。予約客の寺侍・梶原だ。女将のお簾は梶原を二階に急がせ、まだ目見え（試用）の綾に同衾（どうきん）を装う芝居をさせて梶原を助ける。その後、綾は床で丸くなって考えていた。この船宿は断ろうと。だが……。